DE PROFUNDIS

Oscar Wilde

自深深处

[英国] 奥斯卡·王尔德 著
朱纯深 译

译林出版社

图书在版编目（CIP）数据

自深深处 / （英）奥斯卡·王尔德（Oscar Wilde）著；朱纯深译. -- 南京：译林出版社，2025. 5.（王尔德精选集）. -- ISBN 978-7-5753-0539-6

Ⅰ. I561.64

中国国家版本馆CIP数据核字第2025TX1529号

自深深处 [英国] 奥斯卡·王尔德 / 著 朱纯深 / 译

责任编辑 唐洋洋
装帧设计 山川制本workshop
内文插图 冯 雪
校 对 孙玉兰 王 敏
责任印制 颜 亮

出版发行 译林出版社
地 址 南京市湖南路1号A楼
邮 箱 yilin@yilin.com
网 址 www.yilin.com
市场热线 025-86633278
排 版 南京展望文化发展有限公司
印 刷 苏州市越洋印刷有限公司
开 本 787毫米 × 1092毫米 1/32
印 张 6.375
插 页 2
版 次 2025年5月第1版
印 次 2025年5月第1次印刷
书 号 ISBN 978-7-5753-0539-6
定 价 56.00元

1893 年，王尔德（左）与波西于牛津大学的合照

目 录

译序

落叶听风

朱纯深

如果真有天上人间，那么天上的拉雪兹神父公墓应该够热闹的了，有钢琴诗人肖邦浪漫的琴声，有神童比才以命相许的《卡门》火焰般的身影，还有普鲁斯特水一样不绝如缕的意识流淌……而这中间，当然了，少不了王尔德那华美的文字和机警的嬉笑怒骂。

人间的拉雪兹神父公墓呢，则静静的宛如一位老者，在花都巴黎的车水马龙中，保守着一份沧桑阅尽的肃穆。在这里，鸟雀的喧闹与墓门人像的沉默、落叶的枯黄与碑碣前鲜花的艳丽、逝者与生者、历史与自然，共呈于眼前，足以让人从闹市中取一份三明治，偷得浮生半日的忘却，沿着似乎同历史一样幽长的园径，在这 118 英亩的宁静中徜徉，或悠悠思古，或怆然涕下。

风会不时地吹过，卷起草地上的落叶，时而滚滚如浪，沿路舞之蹈之地追寻着什么，时而翩翩似蝶，在蓝天里轻扬，在绿树间嬉闹，好像要还返往日的青葱岁月。借着风，落叶似乎有了魂灵；借着叶，风似乎有了声音。或者说，借着风和叶，拉雪兹神父公墓的居民找着了自己的话语，众声喧哗地向造访的有心人弹奏着一曲曲绝唱，讲述着一则则旷世的往事。

因为《自深深处》的缘故吧，在这落叶风声中，听得到王尔德从调侃世间百态的不羁，到牢底心底中对悲怆的体认。风中飘落的字字句句，便如黑白键上奔泻而出的滑奏，展现着一个天才从天上到人间的陨落，或者，更应该是从人间到天上的升华。当然，一个人听到了什么，取决于他想听到什么。

也许，有人在这片片落叶中听到了流水账似的絮叨，或者欲言还休的情话，或者痛不欲生的悔恨，或者一段未必惊世但却骇俗的名人情史。但也有人听到了铅华褪尽、苦情尝遍之后的旷达与救赎，听到了以基督自况的passion。是的，是passion——既是不能自已的激情，又是殉道者赴死的受难历程。殉道，难道不是激情的最高境界吗?

当然，不管人们听到了什么，王尔德是不会也不屑去理的。他自己关心的是在绝对的谦卑中与自己灵魂的交谈:“当人同灵魂相交时,就变得像小孩一样单纯。”而这种出自童心的文字,李贽将其标举为“绝假纯真”之至文。至于那些“事假事、文假文”的假人，王尔德则斥之为“是别人的人。他们的思想是别人的想法，他们的生活是对别人的模仿，他们的激情是袭人牙慧的情感”。

正因为这样,王尔德认为儿童是“人们学习的楷模”,是“长辈的榜样”。认识到儿童是完美的,是一次归零,也是一次灵归,一次灵魂的回归。

这是一个灵魂历尽流水落花春去之后归来的私语。是私语。因为这封信的读者本该只有一个，其他人在本质上都是闯入者、窃听者。能读到私语的阅读，应该是一种感恩的阅读，应该在阅读中感恩。是这么一个灵魂的言说，让后人无论是在大庭广众，还是在天地间私密的一隅，都能无风无雨、不惊不怖地旁听它变化无定的心境，旁观它陨落中的绝望与绝望中的升华。

要听到这出自童心真心的言说，需要一份舍己的敏感和同情。王尔德自己说了，“不是用眼睛看，用耳朵听。眼睛耳朵不过是传递感官印象的通道而已……是在头脑里罂粟花红了，苹果香了，云雀唱了”，“一事一物，是什么样子，取决于我们看它的方式”。庄子也一语道破，这样的文字，要“听之以气”：要听到悲怆之中的大爱，要听到作者与万物灵魂之间微妙的同情，就得虚而待之，就得听之以爱心，听之以纯真之心。

因此，听到了什么，又取决于用什么去听。而听到了什么，又决定了听者到底是在陪作者巡视阴沟，还是眺望星空。

阅读中的聆听，应该是一份很个人、很令人谦卑的经验，是要怀着谦卑之心去让自己耳濡目染的。对读者，对译者，都是这样。只是译者必须把自己个人的这份经验形诸笔墨，公之于众，如果他幸运的话。万一他更幸运的话，有人喜欢上这份经验的分享，那他便得很感激地喜出望外了。

谈翻译好像都得比较。但正因为翻译同写作和阅读一样，是一种很个人的经验，所以除了技术因素的比对之外，对不同译文做主观的褒贬臧否，并不是特别有意义。翻译并非比赛，每个译本都应该是自立于原作和其他译本的一个独立的作品。就像辛、苏的咏月词，各自都是对中秋月夜的“翻译”，可以各自欣赏，根据读者个人喜好和品位去看待，但无谓去对比其诗艺的高下，也无谓拿它们去与共同的原作中秋月夜相比了。

译者在原作中听到的是风还是水，读者又在译作中听到的是风还是水，取决于他们想听到什么，以及用什么去听。而翻译，怀着谦卑、虚着心从事的翻译，是要将人的思绪和目光带回转，转而投向对生命、对存在的思考。正是这种对生命、对存在的叩问，在芸芸歌风花咏雪月的篇什中成就了苏、辛还有张若虚等的旷古绝唱。

任何一种艺术方式，不管其表现的“雅”“俗”，如果关心叩问的是生命存在的本质意义，而非张扬某一特定的风尚潮流，或者出于虚荣在炫耀个人的技巧或机巧，那就是高尚的。换言之，将一时一地的价值判断或文化好恶置于生命的聚光灯下鞭挞叩问，从而彰显人类于天地间存在的意义，这是林林总总表现技巧必须为之服务的艺术——推而广之人类各项心智追求——的终极意义。

如果不跟这一终极意义相关，那翻译中常常谈论的押韵、句长、词数、对仗等，就显得苍白了，遑论“美”。也正是在这一意义上，耽于技巧演示的所谓艺术，不论是将自然世界翻译为文字的“创作”，还是将一个文本世界翻译为另一种语言的“翻译”，即便脱得了俗气，也落得匠气了。

真心的翻译，无不是有感而发，而非因名而发的童心之作，追求的是“与天为徒”的神采和韵律，“至道通而集于怀”的浩然之气。这样的翻译，不但是艺术，更是生活的方式，看世界的方式。

至于说有些译文错误百出，那或许是译者训练不足，因此就不能算是专业意义上的“译者”，或许虽然训练足够，但对翻译不存敬畏之心，因此也不能算是生命意义上的“译者”。喜欢坐的板凳都不冷，因为那翻译的一刻，是与他人、与自己生命非常私密的交谈，是一种得失寸心知的 painful bliss。如果一个译者能与笔下人物同哭同笑，那译文也就有生命了。因此，对翻译本体的审辩和思考，是超越技术评判的哲学，否则翻译永远只是个语言学习和检测的手段，而非人类赖以生存的居所。

另一方面，如果要对“大师”“大家”译作褒奖的话，那要问的是先译得好才被目为大师大家，还是先罩在“大师”等的光环下让人不能说不好？生命意义上的译者并不需要什么头衔。他们静静地聆听原作，默默地舒怀命笔，而后悄悄地期盼、感激有人阅读，尊重的是同读者心灵交通的纯粹与真实。

此中涉及的，既非文章的价值、境界的雅俗，也非作 / 译者敝帚自珍的情结或对信心与责任的秉持，而是文本与作 / 译者的关系。如果认同罗兰·巴特“作者之死”这个观念，那作者（包括译者）之“死”，既解放了文本，使阐释不再囿于作者的意图或其他外在因素而成为大众灵感的源泉，也解放了作者，使作者的命运或名声不用因某个时代对其作品的褒贬评论而浮沉。

在小说《道连·格雷的画像》前言，王尔德开宗明义提出了艺术的目的乃是展现艺术、隐去艺术家。紧接着他又颇带点后现代范儿地说道："The critic is he who can translate into another manner or a new material his impression of beautiful things. The highest, as the lowest, form of criticism is a mode of autobiography."。姑且译为："评论家这种人，能以另一种方式或新的材料翻译出自己对美的事物的印象。评论的最高形式，一如其最低形式，是一种方式的自传。"

翻译者又何尝不是这样的人呢？所有的翻译都是一种评论，正如所有的评论都是一种翻译。译者论者，将自己对美的事物的印象翻译出来时，都是在以某种方式书写着自己。

阅读的尽管阅读着，翻译的尽管翻译着，评论的尽管评论着。王尔德自己呢，仍然在唇印的簇拥下，如斯芬克斯般地守在路边，用其独特的文字，在落叶风声中为那些以阅读、评论、翻译凭吊他的后人铺陈着一出"漫长而美丽的自杀"——如 Melissa Knox 写的传记书名所说，A Long and Lovely Suicide。

2014 年 11 月 24 日

于香港家中

自深深处

雷丁监狱　1897 年 1—3 月[1]

亲爱的波西：

经过长久的、毫无结果的等待之后，我决定还是由我写信给你，为了我也为了你。因为我不想看到自己在漫长的两年囚禁中，除了使我痛心的传闻外，连你的一行书信，甚至一点消息或口信都没收到。

我们之间坎坷不幸、令人痛心疾首的友谊，已经以我的身败名裂而告结束。但是，那段久远的情意却常在记忆中伴随着我，而一想到自己心中那曾经盛着爱的地方，就要永远让憎恨和苦涩、轻蔑和屈辱所占据，我就会感到深深的悲哀。你自己心中，我想，将会感到，当我孤独地卧在铁窗内服刑时，给我写信要胜过未经许可发表我的书信，或者自作主张地为我献诗；虽然这样世人将一点也不知道你的所为，不管你选择怎样充满悲哀或激情、悔恨或冷漠的言辞来回应或者叫屈。

毫无疑问这封信中所写的关于你还有我的生活，关于过去和将来，关于美好变成苦痛以及苦痛或可成为欢乐，个中很有一些东西会深深伤到你的虚荣心的。果真如此的话，那就一遍又一遍地把信重读吧，直到它将你的虚荣心除灭。假如发现信中有什么你觉得是把你冤枉了，记住应该感谢世上竟还有什么错失，可以使人因此受到指责而蒙受冤屈。假如信中有哪怕是一段话使泪花蒙上你的眼睛，那就哭吧，像我们在狱中这样地哭吧。在这儿，白天同黑夜一样，是留给眼泪的。只有这个能救你了。假如你跑到你母亲跟前告状，就像那次告我在给罗比的信中嘲弄你那样，让她来疼你哄你，哄得你又飘飘然得意忘形起来，那你就全完了。假如你为自己找了一个虚假的借口，过不久便会找到一百个，那也就同过去的你毫无二致了。你是不是还像在给罗比的回信中那样，说我“把卑劣的动机归咎”于你？啊！你的生活中可没有动机。你只有欲念而已。动机是理性的目标。说是在你我的友谊开始时你年纪还“很小”？你的毛病不是少不更事，而是对生活懂得太多。少男岁月如晨曦初露，如鲜花初绽，可那纯洁清澈的光辉，那纯真向往的欢乐，已被你远远抛于脑后了。你脚步飞快地，早已从“浪漫”跑到了“现实”，迷上了这儿的阴沟以及生活在里边的东西。这就是你当初为什么会惹上麻烦，向我求助的；而我，以这个世界的眼光看是不明智的，却出于怜悯和善意出手相助。[2]你一定要把这封信通读，虽然信中的一词一语会让你觉得像外科医生的刀与火，叫细嫩的肌肤灼痛流血。记住，诸神眼里的傻瓜和世人眼里的傻瓜是大不一样的。艺术变革的种种方式或思想演进的种种状态、拉丁诗的华彩或元音化的希腊语那更丰富的抑扬顿挫、意大利托斯卡纳式的雕塑、伊丽莎白时代的歌调，对这些，一个人可以全然不知，但却仍然充满最美妙的智慧。真正的傻瓜，诸神用来取乐或取笑的傻瓜，是那些没有自知之明的人。这样的傻瓜，我曾经当得太久了，你也已经当得太久了。别再当下去了。别害怕。恶大莫过于浮浅。无论什么，领悟了就是。同样记住，不管什么，你要是读着痛苦，那我使它形诸笔墨就更加痛苦。那些无形的力量待你是非常好的。它们让你目睹生活的种种怪异悲惨的形态，就像在水晶球中看幻影一样。蛇发女怪美杜莎[3]，她那颗能把活人变成顽石的头颅，允许你只要在镜中看就行。你自己在鲜花中了然无事地走了，而我呢，多姿多彩来去自由的美好世界已经被剥夺了。

一开头我要告诉你我拼命地怪自己。坐在这黑牢里，囚衣蔽体，身败名裂，我怪我自己。暗夜里辗转反侧，苦痛中忽睡忽醒，白日里枯坐牢底，忧心惨切，我怪的是自己。怪自己让一段毫无心智的友情，一段其根本目的不在创造和思考美好事物的友情，完完全全左右了自己的生活。从一开始，你我之间的鸿沟就太大了。你在中学就懒散度日，读大学就更不堪了。你并没有意识到，一个艺术家，尤其是像我这样的艺术家，也就是说，作品的质量靠的是加强个性的艺术家，其艺术的发展要求思想的默契，心智的氛围，安详悠静的独处。我的作品完成后你会钦佩赞赏：首演之夜辉煌的成功，随之而来辉煌的宴会，都让你高兴。你感到骄傲，这很自然，自己会是这么一位大艺术家的亲密朋友，但你无法理解艺术作品得以产生的那些必备条件。我不夸大其词，而是绝对实事求是地要你知道，在我们相处的那个时候，我一行东西都没写。无论是在托基、戈灵、伦敦、佛罗伦萨，还是其他地方，只要你在身旁，我就才思枯竭，灵感全无，而除了那么几次以外，我很遗憾地说，你总是待在我身旁。

比如，就举许多例子中的一个吧，记得是在1893年9月，我在圣詹姆斯旅馆租了一套房间，这完全是为了能不受干扰地写作，因为我答应过约翰·赫尔写个剧本，却完不成合约，他正催着要稿呢。第一个星期你没来找我。我们就你的《莎乐美》[4]译文的艺术价值意见不合，这的确并不奇怪。因此你就退而给我写些愚蠢的信纠缠这件事。那个星期我完成了《理想丈夫》的第一幕，所有的细节都写好了，同最终的演出本一样。可第二个星期你回来了，我简直就无法再动笔了。每天上午十一点半我就来到旅馆，为的是有机会想想写写，省得在自己家里，尽管那个家够安宁平静的，仍不可避免地会受到打搅。可是这份心思白费了。十二点你就驾着车来了，待着抽烟聊天直到一点半，到那时我只好带你去皇家咖啡座或伯克莱用午餐。午餐加上甜酒，一顿通常吃到三点半。你到怀特俱乐部[5]歇了一个钟头，等下午茶时分又出现了，一待就待到更衣用正餐的时候。你同我用餐，要么在萨瓦伊酒店要么在泰特街。照例我们要等

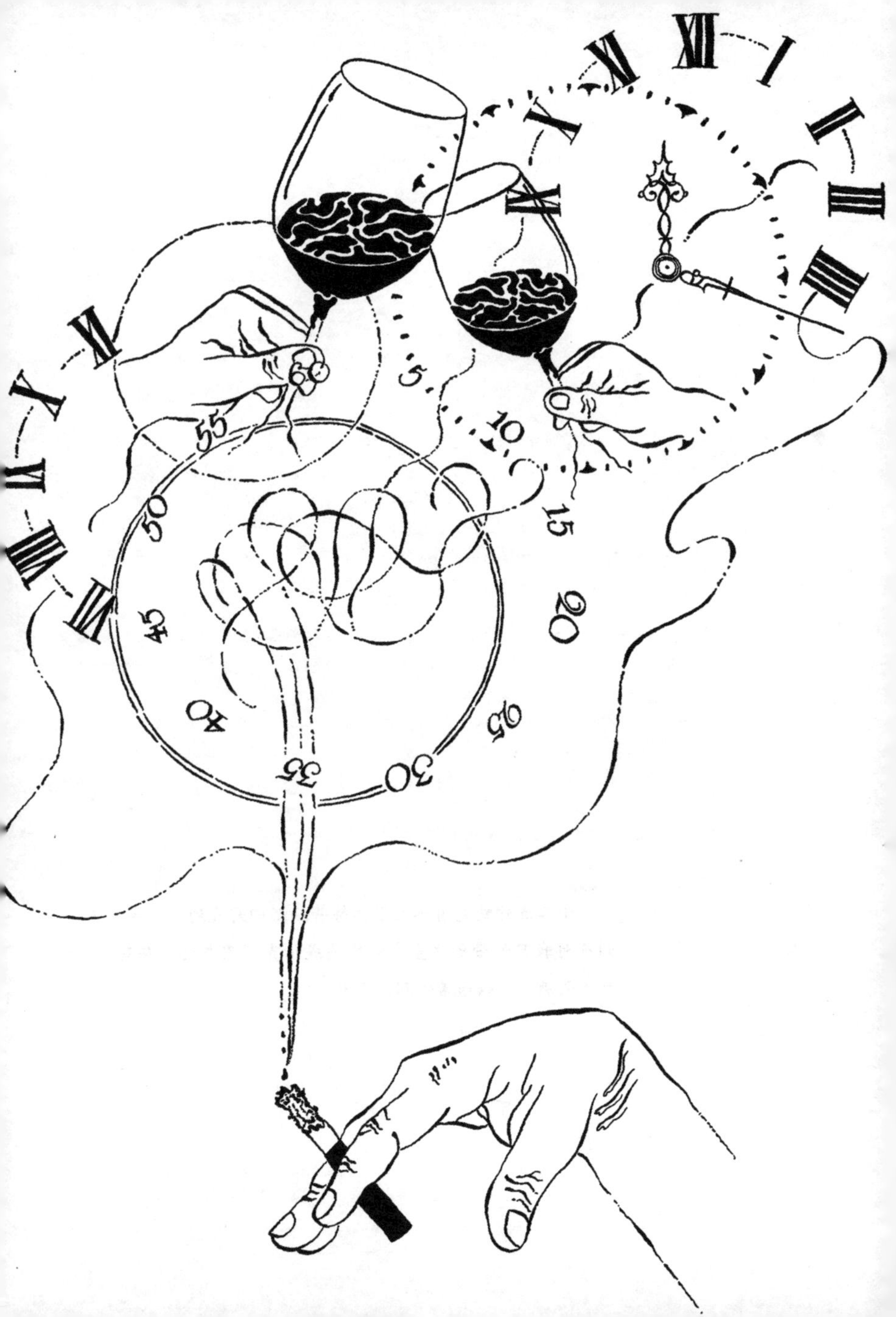

十二点你就驾着车来了，待着抽烟聊天直到一点半，到那时我只好带你去皇家咖啡座或伯克莱用午餐。午餐加上甜酒，一顿通常吃到三点半。

到半夜过后才分手，因为在威利斯菜馆[6]吃过夜宵后这销魂的一天不收也得收了。这就是我在那三个月过的生活，天天如此，除了你出国的四天外。当然我过后不得不到加莱去把你接回国。具有我这样心地禀性的人，那情形既荒诞又具悲剧性。

现在肯定你必得意识到这一点吧？你一个人是待不住的：你的天性是这样迫切执拗地要求别人关心你，花时间陪你；还要看到你的心智缺乏持续专注的能力：不幸的偶然——说它偶然，因为我希望已不再如此——即你那时还无法养成在探索智性事物方面的“牛津气质”，我的意思是，你这个人从来就不能优雅地玩味各种意念，只会提提暴烈的门户之见——这一切，加上你的各种欲望和兴趣是在生活而不在艺术，两相巧合，对于你本人性灵教养的长进，跟对于我作为艺术家的创作工作，具有同样的破坏性。你现在必得明白这一点吧？把同你的友谊，跟同像约翰·格雷和皮埃尔·路易斯[7]这样还要年轻的人的友谊相比时，我感到羞愧。我真正的生活，更高层次的生活，是同他们和像他们这样的人在一起的时候。

同你的友谊所导致的恶果暂且不说。我只是在考虑那段友谊的内在质量。对于我那是心智上的堕落。你具有一种艺术气质初露时的萌芽迹象。但是我同你相遇，要么太迟要么太早了，我也说不清楚。你不在时我一切都好。那个时候，也就是我一直在说的那年12月初，我劝得你母亲把你送出英国后，就重新拾起、再度编织我那支离破碎的想象之网，生活也重归自己掌握，不但完成了《理想丈夫》剩下的三幕，还构思并几乎完成了另外两个完全不同的剧本，《佛罗伦萨悲剧》和《圣妓》[8]。而这时，突然之间，不召自来，不请自到，在我的幸福生死攸关的情形下，你回来了。那两部作品有待完稿，而我却无法再提笔了。创作它们的那份心境永远也无法失而复得了。你本人现在已有一本诗集出版，会承认我说的全是真话。不管你承不承认，这都是你我友谊的核心里一段不堪回首的真事。你同我在一起时便绝对是我艺术的克星，而我竟然允许你执拗地隔在我和艺术之间，对此我羞愧难当，咎责难辞。回想起来，你无法知道，你无法理解，你无法体谅。而我一点也无权指望你能做到这些。你的兴趣所在，不外乎餐饭和喜怒。你的欲望所寄，不过是寻欢作乐，不过是平平庸庸或等而下之的消遣享福而已。这些是你禀性的需要，或认为是它一时的需要。我本来应该将你拒之门外，非特别邀请不得登门。我毫无保留地责怪自己的软弱。除了软弱还是软弱。半小时的与艺术相处，对于我总是胜过一整天地同你厮混。在我生命的任何时期，对我来说任何东西只要与艺术相比，便无足轻重了。但就一个艺术家而言，如果软弱使想象力瘫痪，那软弱就不亚于犯罪。

我还怪自己让你给带到了经济上穷困潦倒、信誉扫地的穷途末路。我还记得 1892 年 10 月初的一个上午，同你母亲一道坐在布莱克奈尔秋风渐黄的树林里。那时我对你真正的性格知道得很少，有一次在牛津同你从星期六待到星期一，而你来过克莱默同我待了十天打高尔夫球。我们的话题转到了你身上，你母亲开始跟我说起你的性格。她说了你的两大缺点，你虚荣，还有，用她的话说，“对钱财的看法大错特错”。我清楚记得当时我笑了，根本没想到第一点将让我进监狱，第二点将让我破产。我以为虚荣是一种给年轻人佩戴的雅致的花朵；至于说铺张浪费嘛——我以为她指的不过是铺张浪费——在我自己的性格中，在我自己的阶层里，并不见勤俭节约的美德。可是不等我们的交情再长一个月，我便开始明白你母亲指的到底是什么。你孜孜以求的是一种挥霍无度的生活，无休无止的要钱，说是你所有的寻欢作乐都得由我付账，不管我是否同你在一起。过些时候这就使我的经济陷入了严重的困难。你抓住我的生活不放，越抓越紧。总而言之，你的铺张挥霍对我来说是乏味透顶，因为钱说真的无非是花在口腹宴饮，以及诸如此类的行乐上。不时地让餐桌花红酒绿一下，可说是件赏心乐事，但你的无度却败坏了所有的品位和雅趣。你索取而无风度，接受而不道谢。你养成了一种心态，认为似乎有权让我供养，过着一种你从未习惯过的奢侈生活，而因为这一点，如此的奢侈又让你胃口更大。到后来要是在阿尔及尔的哪家赌场输了钱，第二天早上就干脆拍个电报到伦敦，要我把你输的钱如数存到你银行的户头上，事后便再也不见你提起。

我告诉你，从 1892 年秋到我入狱那一天，看得见的我就同你以及为你花了不止 5 000 英镑的现金，还不算付的账单呢。

这样你对自己所坚持的是什么样的生活，就会明白一二了。你认为我是夸大其词吗？我与你一起在伦敦普普通通的一天的普普通通的花销——午餐、正餐、夜宵、玩乐、马车及其他——大概在12至20英镑之间，每周的花销相应的自然也就在80到130英镑之间。我们在戈灵的三个月，我的花费（当然包括房租）是1 340英镑。一步一步地，我不得不同破产案的财产管理人回顾我生活中的每一个细节。太吓人了。“平实的生活，高远的理念”[9]这一理想，当然了，你那时还无法体味，但如此的铺张奢侈却是令你我都丢脸的一件事。我记得平生最愉快的一顿饭是同罗比在索赫的一家咖啡馆吃的，所花的钱按先令算，数目同你我用餐时花的英镑差不多。同罗比的那顿饭使我写出了第一则也是最精彩的对话[10]。意念、标题、处理方式、表达手法，一切全在一顿三法郎半的套餐上敲定。而同你的那些挥霍无度的餐宴之后，什么也没留下，只记得吃得太多、喝得太多了。你的要求我频频迁就，这对你很不好。你现在明白了。我的迁就使你更经常地伸手索要，有时很不择手段，每次都显得粗鄙低下。太多太多次了，宴请你而不觉得有多少欢乐或荣幸。你忘了——我不说礼貌上的道谢，因为表面的礼貌会令亲密的友情显得局促——我说的不过是好朋友相聚的雅趣、愉快交谈的兴致，那种希腊人称之为 τερπνόν κακόν 的东西；还有一切使生活变得可爱的人性的温馨，像音乐一样伴随人生的温馨，使万物和谐、使艰涩沉寂之处充满乐音的温馨。虽然你也许觉得奇怪，一个像我这样潦倒的人还会去分辨这样丢人和那样丢人的不同，但我还是要老实地承认，这么一掷千金地在你身上花钱，让你挥霍我的钱财，害你也害我；做这等蠢事对我来讲、在我看来，使我的破产带上了那种庸俗的由穷奢极欲而倾家荡产的意味，从而令我倍加愧怍。天生我材，另有他用。

但是我最怪自己的，是让你使我的道德完全堕落。性格的根基在于意志力，而我的意志力却变得完全臣服于你。听起来不可思议，但却是千真万确。那些接二连三的吵闹折腾，在你几乎是出于肉体的需要，可同时又使你的心灵和肉体扭曲，让你变成一个别人不敢听不敢看的怪物；你从你父亲那儿继承的那种可怕的狂躁，使你写出令人恶心的书信；你对自己的感情完全失去控制，要么郁郁寡欢长久地不言不语，要么如癫痫发作似的突然怒发冲冠。凡此种种性格扭曲、狂躁和情感失控，我在给你的一封信中都已提及——这信你把它随便丢在萨瓦伊或哪家旅馆，而让你父亲的辩护律师得以出示给法庭——那信中我不无悲怆地恳求过你，假如你那时能认识什么是悲怆的心情和言辞的话——我说，这些就是我为什么会对你与日俱增的索求做出致命让步的根源所在。你会把人磨垮的。这是小的胜过大的。这是弱者的暴政压过了强者，在一出剧本的什么地方我说过这是“唯一历久不衰的暴政”[11]。

而这又是无可避免的。生活里，每一种人际关系都要找着某种相处之道[12]。与你的相处之道是，要么全听你的要么全不理你，毫无选择余地。出于对你深挚的、如果说是错爱了的感情，出于对你禀性上的缺点深切的怜悯，出于我那有口皆碑的好心肠和凯尔特人的懒散，出于一种艺术气质上对粗鲁的言语行为的反感，出于我当时对任何事物都能逆来顺受的性格特征，出于我不喜欢看到生活因为在我看来是不屑一顾的小事（我眼里真正所看的是另外一些事）而变得苦涩不堪——出于这种种看似简单的理由，我事事全听你的。自然而然地，你的要求、你对我的操控和逼迫，就越来越蛮横了。你最卑鄙的动机、最下作的欲望、最平庸的喜怒哀乐，在你看来成了法律，别人的生活总要任其摆布，如有必要就得二话不说地做出牺牲。知道大吵大闹一番你就能得逞，那么无所不用其极地动粗撒野，就是很自然的事了，我毫不怀疑你这么做几乎是无意识的。最终你不知道自己急急所向的是什么目标，或者心目中到底有什么目的。在尽情利用了我的天赋、我的意志力、我的钱财之后，贪得无厌的心蒙住了你的眼睛，你竟要占据我的整个生活。你得逞了。在我整个生命最为关键也最具悲剧性的那个时刻，正是我要采取那可悲的步骤、开始那可笑的行动之前，一边有你父亲在我俱乐部留下一些明信片恶语中伤我，另一边有你用同样令人恶心的信攻击我。在让你带着到警察局，可笑地去申请拘捕令将你父亲逮捕的那天早晨，我收到的那封信，是你所写的最恶毒的一封，而且是出于最可耻的理由。对你们两人，我不知如何是好。判断力不见了，代之而来的是恐惧。老实说，在你们的夹攻下，我欲逃无路，盲目地跌跌撞撞，如一头牛被拉向屠宰场。我对自己心理的估计大错特错了。我总以为小事上对你迁就没什么，大事临头时我会重拾意志力，理所当然地重归主宰地位。情形并非这样。大事临头时我的意志力全垮了。生活中说真的是分不出大事小事的。凡事大小轻重都一样。主要是由于最初的无动于衷，让那凡事听你的习惯很没有理性地成了我性格的一部分。不知不觉地，这成了我禀性的模式，成了一种永久的、致命的心态。这就是为什么佩特会在他的散文集第一版那言辞微妙的跋中说道："失败就在于形成习惯。"[13] 当他说这话时，牛津的那些死脑筋们还以为，这话不过是故意将亚里士多德有些乏味的《伦理学》文字颠倒过来说罢了。可是话中隐含了一条绝妙的、可怕的真理。我允许你榨取我的性格力量，而对我来说，习惯的形成到头来不只是失败，而是身败名裂。你在道德伦理上对我的破坏更甚于在艺术上。

逮捕令一旦批了下来，你的意志当然就主宰一切了。当我本应在伦敦听取律师的高见，冷静地考虑一下我让自己一头钻进去的这个令人发指的圈套——你父亲至今一直称它为陷阱——你却硬要我带你去蒙特卡罗。在这天下首屈一指的肮脏地方，你好没日没夜地赌，只要赌场不关门。至于我呢，赌纸牌没兴致，就一个人留在门外头了。你不肯花哪怕五分钟时间同我讨论你和你父亲使我面临的处境。我的事不过是为你付旅馆的费用和赌债而已。只要稍稍提及我面临的严峻处境你就心烦，还不如人家向我们推荐的新牌香槟更让你感兴趣。

我们一回到伦敦，那些真正关心我安危的朋友恳求我避到国外，别去打一场无望的官司。你说他们这是居心不良，我要听他们的话便是胆小鬼。你逼我留下来，可能的话在审判席上靠荒唐愚蠢的谎言伪证顶住。最终当然是我被捕入狱，而你父亲则成了一时英雄。何止是一时英雄，你们家莫名其妙地跻身于神仙圣人之列。好像历史也带上了一点哥特式的离奇古怪，从而使历史和史诗之神克里奥成了众缪斯中最不正经的一位。靠着这份离奇古怪，结果是你父亲在主日学校的文学里将永远活在那些个心地和善纯良的父母之中，你将与少年撒母耳并列，而在地狱最底层[14]的污渎中，我将与杀害儿童的雷斯[15]和性变态的萨德侯爵[16]为伍。

当然了，我本该把你甩掉的。本该把你从我的生活中甩掉，就像从衣服上抖掉一根扎人的刺。古希腊的大剧作家埃斯库罗斯在他的一出最好的戏剧[17]中给我们讲了一个大公的故事。他在自己家里养了一头小狮子，对它疼爱有加，因为那小家伙大公一叫就眼睛亮闪闪地跑过来，要东西吃时就朝他摇尾巴。等这家伙长大了，本相毕露，把大公本人、他的房子和财产全毁了。我觉得自己就跟那大公一样。但我的错不是没离开你，而是太经常离开你了。照我算来，每三个月我就想把同你的友谊断掉。而每次要同你一刀两断时，你总是通过哀求、电报、书信、你的或我的朋友来说情等诸如此类的手段，要我让你回来。

在 1893 年 3 月底你离开我在托基的家时，我下过决心从此不再和你说话，无论如何不让你跟我在一起，因为你离开前那天晚上大吵大闹了一通，实在叫人受不了。于是你就从布里斯托尔又是写信又是拍电报，求我原谅，同你再见面。你的导师没走，他告诉我说他觉得有时你无法对自己的说话做事负责，在莫德林学院的人，如果不是全部也大部分持有这种看法。我答应了见你，当然也原谅了你。在去城里的路上，你求我带你去萨瓦伊酒店。那一趟对我的确是致命的。

三个月后，是 6 月，我们在戈灵。有个周末你一些牛津的朋友来了，从星期六待到星期一。他们临走的那天上午，你又当众大吵了一番。太可怕太气人了，我告诉你我们非分手不可。记得很清楚，我们站在平坦的槌球场上，四周是一片漂亮的草坪，我向你指出，我们正在互相作践对方，你绝对是在把我往绝路上拖，而我也明显地没让你真正幸福，一刀两断才是上策。午餐后你闷闷不乐地走了，给管家留了一封最恶语伤人的信，要他在你走后交给我。可不出三天，你又从伦敦拍电报来，求我宽恕，让你回来。我已租了那个地方让你高兴，照你的要求雇了你自己的仆人。那可怕的脾气总让我为你遗憾得不得了，你自己也深受其害。我喜欢你。因此我让你回来，原谅了你。又过了三个月，是 9 月，你又闹了几场，事缘我给你指出了你试译《莎乐美》中犯的小学生般的错误。你现在应该是个不错的法语学者，看得出那译文既配不上它想移译的原作，也配不上你这个普通的牛津生。你那时当然不知道了，给我写信谈论此事时言辞暴烈，在一封信中说过你对我“并无任何心智上的亏欠”。记得读这句话时，我觉得在我们的整个友谊中你写给我的就这个是真的。我看到一个教养较少的人对你真的会更合适得多。这么说绝无怨你怪你的意思，只是道出过从交往的事实而已。归根结底一切人际交往的纽带，不管是婚姻还是友谊，都是交谈，而交谈必须有一个共同的基础。如果双方的文化教养迥异，那唯一可能的共同基础只能建立在最低的层面上。思想和行为上的琐屑讨人喜欢。我曾用这一点来作为一个非常睿智的人生哲学的基石，在剧本和悖语中加以表达。但是我们生活中的蠢话傻事却常常变得令人烦不胜烦：我们只是在泥淖中相遇。你谈话时总是围绕着的那个话题[18]虽然引人入胜，引人入胜得不得了，但到头来我还是觉得腻味。我常常被它烦得要死，但却接受了它，就像接受了你要去杂耍剧场的狂热，接受了你荒唐地大吃大喝的癖好，以及别的在我看来不那么有趣的脾气；也就是说，我干脆当它为一个不得不忍受的东西，当它为同你认识所要付出的高昂代价的一部分。离开戈灵后我到第纳德两周，你因为我没带上你而大为光火，在我动身前在阿尔伯玛尔旅馆就这事同我大闹了几场，搞得非常不愉快，而后又往我小住几天的一处庄园发了几封同样令人不快的电报。我记得跟你说过，你理应同家人相聚一阵，因为整个夏季你都是在别处过的。但是实际上，坦白地告诉你吧，我无论如何不能让你待在我身边。我们在一起已经有十二个星期了，我需要休息，需要从与你相处那可怕的压力下解脱出来。我有必要自己一个人待一阵子。是心智上的必要。因此我坦白，在你的信中，也就是上面所引的那封，我看到了一个非常好的机会，来了结你我之间突然冒出来的这段致命的友谊，让它了结而不留愤懑。这正是我三个月前在戈灵的那个明媚的六月上午的确想做的。然而却有话传来——我应该坦诚地说是我的一个朋友，你在落难时求助过他——说是假如我把你的译作像小学生的练习一样送回去，你会觉得很伤心，或许几乎是无颜见人，说是我在心智上对你太过苛求了，还说不管你写什么，做什么，你的心都是完完全全向着我的。你在文学中刚刚起步，我不想成为第一个刹你的车、泼你冷水的人。我知道得很清楚，除非是由一位诗人执笔，否则没有哪个译文可以说能充分地传达出我作品的色彩与节奏。心意的奉献，在我看来，过去是、现在仍然是一件不能轻言丢弃的好事。因此，我把你，连同你的译文一起接了回来。刚好又是三个月过后，又是当众闹了几场，最后积聚成一场特别令人嫌恶的争吵。那是个星期一晚上，你由两个朋友陪着，到我房间里来闹。第二天早晨，我简直是身不由己地躲开你飞逃出国，编了些荒唐的理由向家人说明我的仓促离去，给仆人留了个假地址，怕你搭下一班火车尾随而至。记得那天下午，我坐在火车车厢里向巴黎飞驶而去，心想自己的生活怎么会弄成如此一塌糊涂；我堂堂一个世界知名人士，竟然就这么被迫逃离英国，为的是甩掉一段友情，这友情在心智和道德上都会把我内心美好的东西破坏殆尽；这个我飞奔逃离的人，这个我同他纠缠了那么多日子的人，并非什么从阴沟泥潭里蹦到现代生活中的怪物，而是你本人，一个社会地位同我一样、上的是同一所牛津学院的年轻人，一个我的座上常客。那些同往常一样的哀求悔过的电报跟着就来了。我不予理睬。最后你威胁说，除非我答应见你，否则你绝不答应动身去埃及。我在你的同意和配合下，曾亲自央求你母亲送你离开英国到埃及去，怕你在伦敦把自己糟蹋坏了。我知道你要是不去，会令她大失所望的。看在她的分上我真的见了你。情之所至，甚至连你大概都忘不了的，我原谅了过去的一切，虽然将来会怎样我一句不说。

记得我第二天回到伦敦，坐在房间里悲伤而又认真地思索着，你到底是不是我认为的那样，全是可怕的缺点，对己对人都是祸害一个，同你相处甚至相识，就要酿成致命之祸。整整一个星期，我都在想这事，琢磨着是不是真的看错了人，把你冤枉了。那个周末你母亲的一封信送来了。信中将我自己对你存有的每一个印象说得透彻无遗。说到你那盲目地自视甚高的虚荣心，这使你看不起自己的家，把你的兄长——那个老实人——看作市侩庸人；说到你的脾气使她不敢同你谈你的生活，她感到、她知道你过的那种生活；说到你在处理钱财事务上的行为，在在让她苦恼丧气；还说到你的变化和堕落。当然她看到了，遗传让你背上了一个可怕的性格负担，并且也坦白地承认、心怀恐惧地承认：他是“我孩子中继承了致命的道格拉斯家族禀性的那一个”，信中是这么说你的。最后她说她觉得只好挑明，你同我的交往依她看是大大加强了你的虚荣心，以致成为你一切过失的根源，并恳切地请求我别在国外同你会面。我马上给她回信，说我对她讲的每句话都完全同意。还加了许多，把我可能说的都说了。我告诉她，我们的友谊源自你在牛津读大学时，那时你碰上了非常特别又非常严重的麻烦，向我求助。我告诉她，你的生活仍旧如此，仍旧为同样的麻烦所困扰。你把去比利时的原因归咎于同行友伴的过失，你母亲就怪我把他介绍给你。我于是把责任放到了该放的肩膀上，那就是你的肩膀。我最后向她保证，我一点也没有要同你在国外见面的意思，并央求她想办法把你留在埃及，可能的话在使馆里供个荣誉官职，不行的话就在那里学习现代语言，或者以任何一个她认为合适的理由。但为你好也为我好，至少要留在那儿两三年。

在这期间你从埃及不断给我写信，每次邮件里都有你的信。这些书信我全然不当回事，看过就撕了。不再跟你打交道我觉得很泰然。我决心已定，愉快地把自己献给艺术，那曾经让你把它给打断了的艺术。三个月后，你母亲亲自写信来了——很不幸，她个性中那典型的软弱，在我生活的悲剧中所起的致命作用不亚于你父亲的暴虐——我当然不怀疑是你叫她写的，她说你急得不得了，要我写信给你，而为了使我不至于有借口不写，还把你在雅典的地址寄过来了。你的地址，我当然知道得再清楚不过了。坦白说看了她的信我目瞪口呆。真不明白，在她写了12月份那封信后，在我回了她那封信后，到头来她怎么还会想法重修重建我同你的这段不幸的友谊。我没话讲，认收了她的信，又再次催她想办法把你同海外的哪家大使馆挂钩，使你不会回到英国来。可我没给你写信，同接到你母亲的这封信以前一样，依然把你的电报不当回事。最终你竟打电报给我妻子，求她用她对我的影响使我写信给你。我们的交往从来就是一桩令她苦恼的事——这不光是因为她从来就不喜欢你这个人，还因为她看到了同你来往把我变成了怎样一个人，不是变得更好——可仍然，就像对你一贯的善意款待一样，她不忍心看到我对任何朋友有任何的不周，因为在她看来这是对朋友不周。她认为，她的确明白，我不是这种性格的人。在她的要求下我确实同你联系了。那封电报的词句我记得很清楚。我说时间愈合每一处伤口，但是在未来好几个月内我既不会写信给你也不会见你。你刻不容缓地动身前往巴黎，一路上给我发来激情洋溢的电报，求我无论如何见你一面。我婉言拒绝了。你在一个星期六晚上很迟才到了巴黎，在下榻的旅馆发现我给你的一封短信，说我不会见你的。第二天上午我在泰特街收到你的一封电报，长十到十一页。你在电报里说，不管你对我做了什么事，你都不相信我会永不见你。你说了，为了见我，哪怕是一个小时，你六天里昼夜兼程地横跨欧洲；你的电文，我必须承认，写得像一份哀婉凄绝的呼求，而结尾依我看又以自杀相威胁，一个不加掩饰的威胁。你自己常常告诉我，你的家族中有多少人曾经双手沾满自己的鲜血；你的叔父无疑是一个，你的祖父可能又是一个，在你出身的这个狂乱败坏的家系里还有别的许多人呢。[19]我可怜你，又碍于旧情，也出于对你母亲的尊重——你要是如此可怕地死去，那对她的打击就太大了——还有那种恐怖之感，想到一个如此年轻的生命，尽管在在是缺点陋习，但还存着美的希望，就要这么可怕地死于非命，同时还有人性本身——这一切，要是有必要找借口的话，就必定是我答应最后让你再见一面的借口了。当我到巴黎时，那天整个晚上，不管是在瓦松晚餐还是后来在帕拉德[20]夜宵，你都哭得像个泪人儿似的；看到我时那份真心的欢乐，就像一个柔顺悔祸的小孩那样拉着我的手不放的样子，在当时显得那么单纯率真的悔过之意，这一切使得我答应与你重修旧好。我们回到伦敦两天后，你父亲看见我同你在皇家咖啡座午餐，便加入进来，喝了我的酒。当天下午通过一封给你的信，开始了他对我的第一轮攻击。

也许说来奇怪，但是要我同你分手的责任，我不说这是机会，再次落在了我身上。该不用提醒了吧，我指的是你在1894年10月10日到13日在布莱顿对我的举止态度。三年了，要你回想可真是个不短的时间。但对我们这些在监牢里度日的人们，生活中不见人间的动静而只有悲哀，只能以肌体跳痛的顿挫、内心悲苦的短长来度量时日。我们没别的好想了。受苦——你听着也许会觉得奇怪——就是我们得以存在的手段，因为只有通过它，我们才能有存在的意识；而记住受过的苦对我们是必要的，这是对我们身份继续存在的认可和证明。我与记忆中的欢乐之间，隔着一道深渊，其深不亚于我和现实的欢乐之间隔着的深渊。假如我们在一起的生活真的如世人所想象的那样，纯粹是享乐、挥霍和欢笑，那我就会一丁点也记不起来。正因为那生活时时刻刻都包孕着悲剧、痛苦、恶毒，一幕幕单调地重复着乏味可怕的吵闹和卑劣的暴力，所以那些事一件件一点点都历历如在眼前，切切似在耳边，说实在的别的什么就很少能看得到听得见了。这里的人们是如此的苦中度日，所以我同你的友谊，照我那样被迫去记住的样子，总显得像是一支序曲，与眼前变换着的痛苦一脉相承。这些痛苦每一天我都得体会领悟；不仅如此，甚至得靠它们度日；似乎我的生活，不管在我本人还是在别人眼里曾经是什么样子，从来就是一部真正的悲怆交响曲，一个乐章一个乐章有节奏地推向其必然的结局，一切是那样的必然，简直就是艺术上处理每个伟大主题的典型手法。

三年前我曾连续三天讲过你对我的举止态度，不是吗？那时我想一个人待在沃辛，把最后一个剧本写完。你来过两次。走后又突然第三次出现，还带了一个人，竟说要在我的房子里逗留。我断然拒绝了（你现在必须承认我那样做是很对的）。我当然是接待了你们，在这事上我别无选择——但要在别的地方，不能在我家里。第二天是星期一，你的那个人回去办他的公务去了，你则留下来。沃辛待腻了，而且我不怀疑，由于我毫无希望地想把注意力集中在剧本上，而那又是我当时唯一的兴趣所在，你更不耐烦了，硬要我带你去布莱顿的宏伟酒家。我们到的那个晚上你病倒了，就是那讨厌的低烧，人们糊里糊涂地称之为流感。这是你的第二次发作，如果不是第三次的话。用不着提醒你，当时我是怎样地伺候照顾你，不只是源源不断的水果鲜花、礼物书籍诸如此类用钱买得到的东西，还有那份感情、那份亲切、那份爱，不管你怎么想这些都是用钱买不来的。除了上午一个小时散步，下午一个小时驾车出去，我从未离开过旅馆。因为你不喜欢旅馆提供的葡萄，我就给你从伦敦买来特别的葡萄，还编造各种事情让你高兴，要不就守在你旁边，要不就待在隔壁房间，每天晚上都坐着陪你，使你安静，逗你开心。

过了四五天你康复了，我就出去租公寓住，想把剧本写完。你，当然了，就陪着我过来。安顿好的第二天早上，我觉得人非常难受。你有事得去伦敦，但答应下午回来。在伦敦你遇见了朋友，等到第二天很迟才回到布莱顿，到那时我已经烧得很厉害了，医生说是你的流感传染给了我。谁要是病了，都会发现再没有比那套公寓更不方便的地方了。我的起居室在二楼，卧室在四楼。没有男仆伺候，连找个人递信，或者买医生吩咐的东西都没有。但有你在呢。我用不着担心。接下来两天，你把我孤零零的一个人撂在那儿，不管不顾，什么也没有。这不是什么葡萄鲜花礼物的问题，而是最基本的必需品的问题：我甚至连医生要我喝的牛奶都没有，柠檬水就更别提了。我求你到书店买本书，如果没有我要的，就挑一本别的，可你从来就舍不得到那里走一趟。结果我一整天没东西可读，这时你不动声色地告诉我，你买了书，他们答应要送过来的。这话我后来碰巧发现，从头到尾是一派胡言。在这期间你不用说，全是由我供养，马车进出，宏伟酒店的餐饭，全由我支付。的确，只是在要钱时你才会在我房间里出现。那个星期六晚上，你把我一个人撂下不管已有一天了，我要你晚餐后回来，陪我坐一会儿。你没好气地答应了。我等到了十一点，可你就是不露面。我于是在你房间里留了个字条，只是提醒一下你的许诺，以及你是怎么守的约。下半夜三点，我睡不着，口渴难耐，就摸黑冒着寒冷下楼到起居室，想找点水喝。没想找到了你。你朝我破口大骂，用尽了只有一个狂野的、没教养的人才想得出的语言。在自我中心可怕的点化之下，你的愧悔变成了暴怒。你骂我自私，自己生病了还想要人陪；说我对你的消遣横加阻挠，想剥夺你享受生活的权利。你告诉我，而我也知道这话不假，你半夜里回来，不过是要换件衣服，又再出去继续寻你的欢作你的乐；可是给你留这么一封信，说你一整天一整夜把我放着不管，我实在是把你寻找更多欢乐的心境剥夺了，把你再去享受生活的兴味减低了。我嫌恶地回到楼上去，一夜未眠直到天亮。而天亮后很久我才弄到东西缓解一下发烧引起的口渴。十一点时分你来到我房间。通过你前面一番的吵闹我不禁看出，由于那封信，我到底还是在你变本加厉放纵自己的一个夜里拦住了你。那天上午你倒是恢复了常态，我自然就等着听你要编出什么借口，看你要怎样请求你心里明白一定在等着的宽恕，不管你做了什么。你绝对地相信我永远会宽恕你的，说真的这是我最喜欢你的地方，或许也是你最讨人喜欢的地方。没想到你不但没这么做，反而又开始夜里的吵闹，用词更为激烈狂暴。我最后只好叫你出去，你也装着走出去了。可当我把埋在枕头里的头抬起来时，你还在那里，狞笑着以歇斯底里的狂怒突然向我蹿过来。我心中冒起一阵恐惧，到底是因为什么我也说不清，但我一跃而起，就这样光着脚跑下两层楼到了起居室，摇铃叫房东。直到房东说你已经不在我卧室，还答应需要的话随叫随到，我才走出起居室。这样过了一个小时，在这期间医生来过，发现我，当然啰，神情紧张，衰弱不堪，烧得比刚发病时更厉害了。这时你一声不响地回来，取钱来了：把梳妆台和壁炉台上能找着的钱都拿了，带着你的行李离开了这房子。难道还用得着我说吗，在接下来两天病中欲唤无人的凄苦日子里，我拿你是怎么看的？难道还用得着说出来吗，我已清楚地看到，照你如此表现的为人，即使只是同你保持熟人关系，也是很丢人的一件事？难道还用说吗，我已认识到，该是最后了结的时候了，这可是真正的一大解脱？难道还用说吗，我知道，从今往后我的艺术和生活不管在哪方面都将更自由、更美、更好？虽病体虚弱，但内心舒畅。分手是义无反顾了，这使我觉得安宁平静。到了星期二，烧退了，我第一次在楼下用餐。星期三是我的生日。在桌上放着的电报书信中有一封你手书的信。我怀着一份伤感将它打开，心里知道自己再也不会因为一句好话、一句感人的话、一句哀愁的话而容你回来。可我完全上当了。我低估了你。你在我生日当天寄来的信是对前两场吵闹淋漓尽致的重复，处心积虑地、狡猾地写成白纸黑字！你用粗俗的嘲弄取笑我。你说，在整个事件中你得意的一招便是在动身回伦敦之前折回宏伟酒家，把吃的午餐算到我的账上。你恭喜我还算聪明，从病床上跳开得快，逃下楼逃得快。“那可是你小命危险的一刻，”你说，“比你所想象的还要危险。”啊！对这一点我可是深有体会。话里的真正意思我不知道：不知你是否带着那支买来要吓唬你父亲的手枪，有一次我陪着你在一个餐馆，你以为枪没上膛，在那儿还开了一枪；不知你当时是否在伸手，要操起一把碰巧搁在我们面前桌子上的普通餐刀；不知你是否盛怒中忘了你的个子体力都在我之下，趁我卧病在床想要来点特别的人身侮辱，甚至攻击；这些我都不知道。直到现在也不知道。我所知道的是当时心中腾起一股极度的恐惧，感到要不是马上离开房间躲避，你说不定会做出，或者想做出什么事来，铸成甚至是你本人的千古之恨。我平生在此之前只有一次经历过这种对一个同类的恐惧。那就是在泰特街我的书房里，你父亲和我，中间是他的帮凶，或者朋友，只见他那双小手在空中暴怒狂乱地挥舞着，站在那儿口中吐出他那颗肮脏的心能想得出的所有肮脏话，号叫着做出令人恶心的威胁，这些威胁他后来又是如此狡猾地付诸行动。在那一次，当然是他，先离开房间的。我把他赶了出去。同你的这一次，是我先走。这不是第一次我觉得有责任救你一把，免得你自食其果。

你在信的结尾说道："你像尊偶像，没了底座就没意思了。下次你要是病了我马上走开。"啊！活脱脱一副粗鄙的嘴脸！多么的缺乏想象力啊！那性情，到了那时候，变得多么无情，多么卑俗啊！"你像尊偶像，没了底座就没意思了。下次你要是病了我马上走开。"有多少次，在被关押过的各处监狱那凄凉的单人牢房里，这些话在我耳边响起过。我自言自语念着，一遍又一遍；在这些话中我看到了，但愿是冤枉了你，你奇怪的沉默背后的一些秘密。我为了照顾你而染上你的病，在我被高烧病痛折磨之际，你居然写了这些话给我，其粗鲁和鄙俗当然是令人心寒；但是普天之下，任何一个人写这样的信给另一个人，都是罪不可赦，如果天下还有不可赦之罪的话。

坦白说在读了你的信后我觉得自己几乎是被玷污了，好像与这样一个人为伍，我已无可挽回地使自己的生命陷入了污秽和羞耻。没错，我已经陷进去了，可只有在六个月后，才知道陷得有多深。我打定主意那个星期五回伦敦，当面去见律师乔治·刘易斯勋爵，请他写信给你父亲，说明我已下定决心无论如何不再让你进我的屋子、坐在我的饭桌旁、跟我讲话、同我散步，不管何时何地都绝不能与我在一起。这件事办好了，就会给你写信告知我所采取的行动，其中的理由谅你也心知肚明。星期四晚上我一切安排停当。星期五早晨上路前坐下来准备吃早餐，无意间翻开报纸，看到上面登了一则电文，说是你哥哥，你们真正的一家之主，爵位的继承人，家庭的栋梁，被发现死在一道沟里，身边是他发射后的空枪。[21]这恐怖的悲剧，现在据知是意外事故，可当时却暗指另有蹊跷。这样一个谁见了谁喜欢的年轻人，几乎可以说是在成婚的前夜，却突然死了。如此悲惨的变故，使我想到你本人的哀伤会有多深、该有多深；使我意识到你母亲，她的幸福和欢乐之所寄的人失去了，那她会面临怎样的哀痛，她曾亲口告诉我，你哥哥从一落地就没让她掉过一滴眼泪；我也意识到你本人的孤单，因为你另外两个兄弟都出门不在欧洲，所以你母亲和妹妹在哀恸中不但要靠你照应，还要靠你处理出了人命之后必不可免的大大小小令人伤心劳神的事务；一想到眼泪，一想到承载着这世界的泪水，一想到做人处世的种种哀愁——在这万千思绪百般情感的交汇之下，汹涌在我脑海中的便是对你及你家人的无限同情。对你的愤懑和怨恨我忘了。在我病重时你那样待我，在你痛失亲人之际我不能以牙还牙。我当即致电给你，表达我最深切的同情，并随后去信，邀请你一走得开就到我家来。我觉得在这一特殊时刻丢下你，通过律师正式地一刀两断，对你会是太可怕的一件事了。

从他们传召你去的悲剧现场一回到城里，你马上就到我这儿来了，穿着丧服，泪眼盈盈的一派温良率真的模样，要人安慰、求人帮忙，像个小孩似的。我对你敞开了我的房子，我的家，我的心，将你的悲痛当作自己的悲痛，这样也许能在你的沉沉哀痛中扶你一把。我甚至绝口不提你是怎么待我的，绝口不提那一幕幕不堪入目的吵闹和那一封不堪入耳的信。你那真切的悲哀，似乎带着你前所未有地靠近我。你从我这儿带去供在你哥哥坟上的鲜花，不只要成为他生命之美的象征，也要成为蕴藏于所有生命中并可能绽放的美的象征。

神是奇怪的。他们不但借助我们的恶来惩罚我们，也利用我们内心的美好、善良、慈悲、关爱，来毁灭我们。[22]要不是因为对你及你家人的怜悯和感情，我现在也不会在这人所不齿的地方哭泣。

当然，你我所有的交往，我看不光是命中注定，而且是在劫难逃：劫数从来是急急难逃，因为她疾步所向的，是血光之地。因为你父亲的缘故，你所出身的这个家系，与之联姻是可怕的，与之交谊是致命的，其凶残的手，要么自戮，要么杀人。在每一个小小的场合当你我命途相交，在每一个或至关紧要或像是无关紧要的时刻，你来我处寻乐或者求助，在那些不起眼的机缘和不足道的偶然之中——对生活而言，它们像是浮沉于光影中的纤尘、飘落于树荫下的枯叶——在这些时候，毁灭都尾随左右，像哀号的回声，像猛兽扑食的阴影。我们的友谊真正是始自你的一封可怜又可爱的信，求我在危急之中助你一把。你当时的境况任谁都会吓坏的，对一个就读于牛津的年轻人更是倍加可怕。我帮了你，并且最终由于你在乔治·刘易斯勋爵面前说我是你的朋友，我开始失去这位十五年老朋友的尊重和友谊。得不到他的忠告、帮助和关心，我生命中便失去了这一大保障。

你送过来一首很好的诗[23]，属于本科生那种的，要我给夸两句。我在回信中兴之所至地作了一些文学上俏皮诙谐的比附，把你比作海拉斯、雅辛托斯、琼奎伊尔或那耳喀索斯[24]，或者受到伟大的诗神宠爱、眷顾和礼遇的哪个人。那信听着就像一首莎士比亚商籁诗中的一段，被转为小调式似的。只有那些读过柏拉图的《会饮篇》，或者对希腊雕像优美地为我们传达出来的某种凝重情调得其神韵的人，才能理解信中的意思。让我坦白地说吧，这样的信，在我心情愉快、如果说是随心所欲的时候，要是两所中随便哪所大学的任何一位风雅的年轻人送我一首自己写的诗的话，我都会写给他的；确信他会有足够的才智，或教养，来正确阐释信中兴之所至的那些话。看看那封信是怎样辗转流传的吧！先是从你传到了你一个缺德的同伴手中，从他再传到一伙敲诈之徒那里，弄成许多份在伦敦到处传，寄给了我的朋友，还寄给了我的作品正在上演的剧院的经理：人们众说纷纭，可就是没有一个解释切中信的原意。社会为各

to
next
10
to
hot
am

在每一个小小的场合当你我命途相交……

种荒唐的谣言撩得耳热心跳：说是我因为写了一封不光彩的信给你而不得不付出一笔巨款。而你父亲又据此进行最为恶毒的攻击：我自己在法庭出示原信，说明真相，却被你父亲的辩护律师指为意在暗中败坏纯真心灵的邪恶企图，最终列为刑事罪状的一部分。刑事庭接受了这一指控，法官对此的总结陈词道学多而见识少：我到底还是因为这个进了监狱。情辞并茂地给你写了一封信，却落得个如此收场。

当我在索尔兹伯里同你在一起时，你被一封过去的一个同伴写的恐吓信吓坏了，求我去见那个写信人帮你说说。我去了。其结果是我遭殃，被迫负起你所作所为的全部责任。当你没拿到学位，不得不从牛津下来，这时你打电报到伦敦，求我过来一下。我二话没说就去了。你要我带你去戈灵，因为在那种情况下你不想回家。在戈灵你看上一处房子，我为你租了下来，其结果不管怎么看对我又是一场灾难。有一天你来找我，以个人名义求我帮忙，给一份牛津本科生杂志写点东西，该杂志即将由你的哪个朋友出版发行，此人我从未听说，也丝毫不知道他的背景。为了让你高兴——为了让你高兴我什么没做过？——我把原来要给《周六评论》的一页悖语寄给了他。几个月后就发现自己因为该杂志的性质而站在了伦敦中央刑事法院的被告席上。这又成了公诉人指控我的一部分罪状。我被传去为你朋友的文章和你本人的诗辩护。对前者我无从辩解；至于后者，出于对你羽毛未丰的文学和年轻气盛的生命恪守不渝的忠诚，我苦辩力辩到底，绝不承认你会写出有伤风化的文字。可到头来我照样进了监狱，就因为你朋友的本科生杂志和那首《不敢说出自己名字的爱》。在圣诞节时我给你一份用你在致谢信中的话说是“非常漂亮的礼物”，我知道你本来就看上它了，那礼物最多大约值四五十英镑。等到我遭了难，破了产，法警封了我的藏书，要卖了来抵买那份“非常漂亮的礼物”所欠的钱。正因为此，庭令执行到了我家里。在那可怕的最后关头，我被你抢白，被你的抢白所激，对你父亲采取行动，申请将他逮捕了，在我万般无奈之中能抓住让我脱身的最后一根稻草，就是那可怕的费用。我当着你的面告诉过律师，我没钱，付不起那吓人的费用，我手头一点钱也没有。我所说的，你晓得，句句是实话。在那个致命的星期五，如果我能从阿汶代尔旅馆脱身的话，本可以不用在汉弗雷斯的办事处有气无力地同意宣告破产，而是逍遥自在地待在法国，远离你和你父亲，他那令人恶心的明信片可以不管，你的来信也可以不理。可是旅馆的人绝对不让我走。你同我在那里住了十天，后来竟带了你的一个友伴来与我同住，这令我大为生气，你会承认我生气是有道理的。那十天的旅馆费用差不多是 140 英镑，旅馆说要是不把账付清，就不让我把行李提走。这就把我困在伦敦了。要不是这笔账，我早就在星期四去了巴黎。

当我告诉律师我没钱支付这巨额费用时，你马上提出，说你自己家里将很乐意支付所有的费用，说你父亲是你们大家的祸害，你们常常商量是不是把他送疯人院了事，说你父亲成天弄得你母亲还有别的人不得安生，如果我能为你们出头，让他就范，那全家人就会把我当作英雄和恩人，而你母亲有钱的亲戚朋友会因为允许他们代为偿付此举的一切费用而满心欢喜。律师当即拍板，我就被催着去了治安法庭。你这么一说我就没有理由不去了。我被迫卷了进去。当然，你家并未支付那些费用，我是被你父亲，为那些费用，弄得破了产——为了区区的700英镑。我妻子，因为我每周生活费应该是3英镑还是3英镑10先令这一重大问题而同我反目，目前正准备提出离婚。这样一来，当然又得是完全另一套的证据，另一场的审判，接着可能是更为严重的官司。其中细节我自然是不得而知，只知道证人的名字，我妻子的律师所倚重的就是他的证词。他就是你本人在牛津的仆人，因你特别请求，我们在戈灵度夏时雇用了他。

但是，我确实用不着再举更多的例子来说明了，不管是大事小事，你好像都给我带来莫名其妙的厄运。这使我有时觉得你本人似乎不过是为哪只神秘的、看不见的手所操纵的傀儡，来把一个可怕的局面弄得更加不可收拾。但是傀儡们自己也并非无情无欲。他们也会让要他们表演的东西平添曲折，心血来潮便把人间炎凉兴衰的前因后果扭曲，以遂他们的哪个心愿。要全然的自由，同时又要全然地受制于律法，这是我们时时感受到的人生永恒的吊诡；而这一点，我常常想，只能是你性情的唯一可能的解释，如果说对人性那深邃可怕的神秘，除了越说越神之外，的确能有什么解释的话。

当然，你有你的幻想，说实在的是生活在这些幻想中。透过那游移的薄雾、有色的薄纱，一切全看走样了。我记得很清楚，你以为一心一意与我相伴，将你的家庭和家庭生活置之度外，便证明了你对我美妙的欣赏和深厚的情谊。在你看来无疑是如此。但是追忆当时，与我相伴便是奢侈，便是高雅生活，便是无限的欢娱、不尽的金钱。你的家庭生活使你腻烦。用句你自己的话说，“索尔兹伯里那廉价的冷酒”败你的兴。在我这边，除了我心智上的魅力外还有口腹声色之乐。当你找不到我做伴时，退而求其次的人选就令人不敢恭维了。

你还以为，给你父亲送去一份律师信，说是与其斩断同我那地久天长的友谊，你宁愿放弃一年250英镑的津贴——我相信这是扣掉你在牛津的欠债后他当时给你的款子——这么做体现了为朋友甘愿受苦的肝胆义气。但是放弃那小小的年金，并不意味着你愿意放弃哪怕一种穷奢极欲的享乐，或是哪一样最不需要的挥霍。恰恰相反，你对奢侈生活的追求是前所未有的强烈。同你和你的意大利仆人在巴黎，我八天的开销是150英镑：光是在帕拉德就花了85英镑。照你所希望的这样生活开销下去，就是你一个人吃饭，同时在消遣玩乐方面也特别地节约从事，选比较便宜的，你整年的所有进项也供不了三个星期。你放弃年金不过是虚张声势，而如此一来造成的事实，却让你至少是名正言顺地来靠我的钱过活，或者你认为是名正言顺：在许多时候你是认认真真觉得自己名正言顺，并且表现得淋漓尽致。如此不断地掏钱，当然主要掏的是我的钱，但我知道也令你母亲破了些财，从来没有这样令人心烦过，因为在我这儿，无论怎么说，从来就没听过起码是小小的一声道谢，或是见过一点适可而止的表示。

你还以为，写信拍电报寄明信片去咒骂侮辱自己的父亲，你这是在替你母亲出头，为她打抱不平，为她在婚后所受的无疑是可怕的屈辱和痛苦报仇。这真是你的一大幻想，真是你最糟糕的一个幻想。要为你母亲所受的苦找你父亲报仇，假如你认为这是做儿子的部分责任，那就得改弦更张，做个好儿子；就不要弄得她不敢同你谈重大的事情；就不要签些账单到头来都算到她头上；就要更好地待她，别让她的日子雪上加霜。你的兄长弗兰西斯，在他短短的如花般的生命中，就以他的温良随和大大减轻了你母亲的痛苦。你应该以他为楷模才是。你以为要是假我之手让你父亲入狱，对你母亲会是天大的喜事，哪怕是这样想当然也是错的。我的确感到你错了。如果你想知道，一个女人，看着自己的丈夫、自己孩子的父亲身着囚衣，陷于囚牢，到底会有什么感觉，那就写信给我妻子问问她吧。她会告诉你的。

我呢，也有我的幻想。我以为生活会是一出绝妙的喜剧，而你会是剧中一个风雅备至的人物。后来却发现它原来是一出令人反感、令人恶心的悲剧。而带来大灾难的险恶祸端，其险其恶在于苦心孤诣、志在必得，就是剥去了欢娱和喜乐面具的你本人。那面具不但骗了我，也骗了你误入歧途。

对我正蒙受的痛苦，你现在应该明白一二了吧——难道还能不明白吗？有份报纸，我想是《泼尔穆尔报》吧，报道了我一出戏的彩排，说你像影子似的跟随着我：对你我友谊的回忆，就是在这里随我左右的影子，像是永不分离似的——深夜里唤我醒来，一遍又一遍地说着同一个故事，直磨得人睡意全无，醒到天明；天明时分又开始了，跟着我到牢房外的院子里，害得我一边步履沉重地走着一边喃喃自语——我被迫回想着每一个痛苦时刻的每一点细节，在那些个倒霉的年头里发生的事，没有哪一件我不能在那留给悲伤和绝望的脑室里再造重演：你每一点不自然的话音、每一个紧张兮兮的手势、每一句冷言恶语，都涌上了心头；我记着我们到过的街道和河流，四周的墙壁和树林，时钟的针正指着哪一点，风正吹向哪一面，月色月影又是什么模样。

我知道，对我所说的这一切，是有一句话可以回答的。那就是你爱我：在那两年半里，命运将我们两个互不相干的生命丝丝缕缕编成了一个血红的图案，你的确真心爱过我。没错，这我知道。不管你那时对我的举止态度怎样，我总觉得你在心中是真爱我的。虽然我看得也很清楚，我在艺术界的地位和人格的魅力、我的金钱和生活的豪华，那使我的生活变得非常人所及的美妙与迷人的方方面面，每一样都让你心醉神迷，对我紧跟不舍。然而在这一切之外，还有某种东西，某种对你的奇怪的吸引力：你爱我远胜过爱别的什么人。但是你，同我一样，生活中也有过可怕的悲剧，虽然二者之悲，完全不同。想知道这是什么吗？这就是，你的心中恨总是比爱强烈。你对你父亲的仇恨是如此之强烈，完全超过了、压倒了、掩盖住了对我的爱。你的爱恨之间根本就没有过孰是孰非的斗争，要有也很少：你仇恨之深之大，是如此的面面俱到、张牙舞爪。你并未意识到，一个灵魂是无法同时容纳这两种感情的。在那所精雕细刻出来的华屋中它们无法共处一室。爱是用想象力滋养的，这使我们比自己知道的更聪慧，比自我感觉的更良好，比本来的为人更高尚；这使我们能将生活看作一个整体；只要这样、只有这样，我们才能以现实也以理想的关系看待理解他人。唯有精美的、精美于思的，才能供养爱。但不管什么都供养得了恨。在所有那些年里，你喝的每一杯香槟，吃的每一盘佳肴，没有哪一样不能用来养你的仇恨，使它发胖膨胀。为了满足你的仇恨之需，你拿我的生命下赌，一如你拿我的金钱下赌，漫不经心、满不在乎，不管后果如何。要是你输了，输的，你心想，也不是你的；要是你赢了，赢的，你明白，将是胜者的狂欢和赢家的实惠。

恨使人视而不见。这你并未认识到。爱读得出最遥远的星辰上写的是什么；恨却蒙蔽了你的双眼，使目光所及，不过是你那个狭窄的、被高墙所围堵、因放纵而枯萎的伧俗欲念的小园子。你想象力缺乏得可怕，这是你性格上唯一真正致命的缺点，而这又是你心中的仇恨造成的。不知不觉地、悄悄地、暗暗地，仇恨啃咬着你的人性，就像苔藓咬住植物的根使之萎黄，到后来眼里装的便只有最琐屑的利益和最卑下的目的。你那本来可以通过爱来扶植的才智，已经被仇恨毒化而萎蔫了。当你父亲第一次中伤我时，是在给你的一封私信中，是把我当作你的一个私人朋友的。一读到那信，看到那下流的威胁和粗鲁的暴虐，我马上就明白，在我并不平安的日子里，潜伏着一个可怕的危险。我告诉过你，你们父子反目成仇由来已久，我可不想成为你们厮杀中的卒子。我还说，我人在伦敦，对他来说逮住了要起来自然要比在霍姆堡的外交大臣[25]过瘾得多；把我卷进去，哪怕是一会儿，对我都是不公平的；而且我不值得把生命花去同这么一个终日醉酒、潦倒落魄、半疯不癫的人吵架，丢人现眼。可就是无法让你明白。仇恨蒙住了你眼睛。你一口咬定争吵真的与我无关，说你不会让你父亲左右你的私人交往，说我如果出面干涉就太不公平了。在你来见我商量这事之前，就已经给你父亲发了一封粗俗愚蠢的电报作为回复。踏出这一步，当然就令你非得沿着这粗俗愚蠢的道路走下去不可了。生活中致命的错误，其原因不在于人的不可理喻。一个不可理喻的时刻可以是一个人的最佳时刻。错误的原因乃是人的讲求逻辑。二者之间，相去甚远。那封电报制约了其后你与你父亲的整个关系，结果也制约了我的整个生活。而此事的蹊跷之处是那样一封电报就连街边的毛头小子看了也会觉得脸红。从唐突的电报到趾高气扬的律师信，这是个自然的演进过程。给你父亲的那些律师信，结果当然是刺激他变本加厉。你逼得他有进无退，没有选择。你迫使他把这事看成是名誉，或者更可以说是耻辱所系的关键，以求更大的效应。这样他下一次攻击我时便不是在私人信中，也不当我是你的私人朋友，而是在公共场合，当我是一个公共人士了。我只好把他从我家赶出去。他一家挨一家餐馆地找我，想要在大庭广众下污辱我。其行径之恶劣，我如果反击便会身败名裂，不反击照样会身败名裂。在这时，肯定是到了你本人应该出面的关头了，说不会让我为了你而面对如此恶毒的中伤、如此无耻的迫害，你愿意当即放弃同我的任何交往。不是吗？你现在觉得该这样做了吧，我想。可当时你心中这念头连闪都没闪过。仇恨蒙住了你眼睛。你心中所能想的（当然，除了给你父亲写信拍电报侮辱他）只是买一把荒唐的手枪，结果在伯克莱放了一枪，造成的丑闻，比你的耳朵所能听到的还要难听。的确，想到自己成了你父亲和一个处在我这种地位的人之间大吵大闹的中心，似乎让你很高兴。这念头，我非常自然地认为，是满足了你的虚荣心，使你更自觉了不起。你的身体，这我不感兴趣，可以留给你父亲；你的灵魂，这他不感兴趣，可以留给我。问题要是这样解决，会叫你很不高兴的。你嗅到了当众闹个大丑闻的机会，就赶紧抓住不放。想到要打一场了，而你却会安然无恙，你挺高兴的。就我记得，在那个季节你后来从没那么兴高采烈过。唯一让你失望的似乎是到底没闹出什么事来，我们两人也没再打过照面吵过架。你便以给他拍电报来打发，那样的电文到头来弄得这可怜的家伙只好给你写信，说是已经命令仆人不管什么电报，怎样伪装，一律不得送到他眼前。这难不倒你。你看到这是明信片大派用场的时候了，便大张旗鼓地写起来，对他更是穷追不舍。我不认为他真的会善罢甘休。他身上的家族本能真是太强烈了。你们相互间的仇恨，一样的不可消弭；而我则成了你们的冤大头，既是矛，又是盾。他渴望招风惹事扬名，这恰恰不只是个性使然，而是出自家族的禀性。话说回来，他的兴趣要是有哪个时候低落下去，你的信和明信片很快又会煽起他心中那经年累月的邪火。是这样的。而他自然也就更越走越远了。他把我作为私交在私底下中伤了我，也把我作为公众人士在大庭广众攻击了我，他最终决心来个决定性的重拳出击，在我的艺术作品上演之处，把我作为艺术家来进行攻击。在我的一出戏剧的首演之夜，他弄假骗到一个座位，阴谋打断演出，当着观众的面恶语中伤我，污辱我的演员，要在谢幕前人们唤我到台前时无礼下流地用东西扔我，完全是要居心叵测地借我的作品使我名声扫地。纯粹是出于偶然，他难得地酒后吐真言，在人前吹嘘了几句他的意图。消息传给了警察，他被拒于戏院之外。那时你的机会来了。那就是你的机会。难道你现在还不明白吗，你本该看到这个机会，走出来说，你无论如何不会让我的艺术因为你的缘故而毁于一旦？你知道我的艺术对我意味着什么，它是宏大的首要的意旨，使我得以向自己，而后向世界，展现我自己。它是我生命里真实的激情，它是爱。拿别的爱同这种爱相比，就像拿泥水比醇酒，拿沼泽地里的萤火虫比长空里的皓月。难道你现在还不明白吗，缺乏想象力就是你性格上真正致命的缺点？你本该做的事并不难，也很清楚地摆在面前，但是仇恨蒙蔽了你的眼睛，使你什么也看不到。你父亲在将近九个月的时间里用最龌龊卑劣的手段污辱迫害我，我不能为此向他道歉。我无法把你从我的生活中甩掉。我再三努力，不惜离开英国到海外，希望能躲开你。可一点也没用。

只有你可以做点什么了。要解决这局面全在于你了。你要想报答我的话，那就是大好机会，来稍稍回报一下我对你所有的爱、友情、善意、慷慨和关心。要是你对我作为艺术家的价值能欣赏十分之一，就会这么做了。但是仇恨蒙蔽了你的眼睛。那个“只要这样、只有这样，我们才能以现实也以理想的关系看待理解他人”的才智，在你心中已经死了。你念念不忘的只是怎样把你父亲关进监狱。用你的话说，要“看他站在被告席上”，你一心想的就是这个。这成了天天挂在嘴边的一句话，每次吃饭都听你说。好啦，你的愿望实现了。不管你要什么，仇恨都一一给了你，它是个对你疼爱有加的主人。确实，谁伺候它，它就对谁疼爱有加。两天里，你同法警一起高坐堂上，一饱眼福地看着你父亲站在中央刑事法庭的被告席上。第三天，他的位子由我接替。这是怎么回事？在你们险恶的仇恨之赌中，两人都下注要我的灵魂，可你刚好输了。如此而已。

你看到我不得不把你的生活写出来给你，而你非得领悟它不可。我们到现在认识已有四年多了。有一半的时间我们在一起；而另一半我得因为我们的友谊而在牢中度过。你会在什么地方收到这封信，如果这信当真到了你手上，我不知道。罗马、那不勒斯、巴黎、威尼斯，我不怀疑，会是在你驻足的哪个美丽的滨海或沿河城市。包围着你的，即使不全是同我在一起时的那种无用的奢侈，怎么说样样也是令眼耳口腹欢愉的东西。生活对你是很可爱的。然而，如果你聪明，并希望找到更可爱得多而且是另一种方式的生活的话，你会让读这封可怕的信——我知道是很可怕的——成为你生活中一个重要的突变和转折点，就像我写这封信那样。想当时，酒和欢娱很容易就上了你那苍白的脸。假如读着这信上所写的，会不时地使羞愧像炉火中爆出的火花那样让你脸上发烧，那对你就更好了。恶大莫过于浮浅。无论什么，领悟了就是。

我现在讲到拘留所了，是不是？在警察局关了一夜后，车就把我送到那里了。你对我很关心很好。几乎每天下午，如果不是真的每天下午的话，都不辞辛苦地驾着车来荷洛威看我，直到你出国。你还写信来，说些很好听的话。可是，让我进监狱的不是你父亲而是你，此事从头到尾都该你负责，是由你起的事，为了你的缘故，被你所害，我才身陷此地：这一点，你从来就没明白过。甚至看到我被锁在木制囚笼中，也无法唤醒你那死去的、没有想象力的心性。作为一出颇有点令人伤心的戏剧的观众，你看了同情动情，但却没想到自己便是这一出骇人听闻的悲剧的真正作者。看得出你一点也没领悟到自己干下了什么事。我不想扮演这个角色，来告诉你本该由你自己的心告诉你的事。的确，你要是没让自己的心因为仇恨而变硬变麻木的话，它是会告诉你的。凡事都得出自一个人自己心性的领悟。要是他感觉不到或理解不了，那跟他说也没用。我之所以这么写信跟你说，如果这有必要的话，那是因为你在我漫长的囚禁期间的行为，你的沉默。而且，事情闹到头，打击全落到我一个人身上。这倒是令我高兴的一件事。有许多理由让我甘心受苦，虽然看你时，你那份被仇恨蒙蔽而彻底的顽梗的麻木，在我眼里总觉得很有些可鄙。记得你曾得意非常地掏出一封你在一家半便士报纸上发表的关于我的信。那是一篇非常四平八稳、不痛不痒、的确是很平庸的文字。你为一个“被击倒的人”说话，呼吁“英国人的公平意识”，或者诸如此类无聊的东西。像这种信，如果一个可尊敬的人士惨遭指控，你即使不认识他也可能会写的。可你觉得这封信写得很好，把它看作几乎是堂吉诃德式的骑士精神的证明。我知道你还写了别的信到别的报纸，他们没发表就是。但那时他们只不过说是你恨你父亲罢了。没人管你恨不恨的。仇恨，你还不知道呢，以心智论是永恒的否定，以感情论是萎缩退化的一种形式，它消灭一切，除了自己。写给报纸说恨某个人，就像写给报纸说自己有什么秘密的、羞于启齿的痼疾似的。你恨的人是自己的父亲，而且完全是相互的仇恨，这无论如何不会使你的仇恨显得高尚或美好。如果说其中显示了什么的话，那就是，这仇恨是个遗传病。

我又记起来了，当要在我家执行破产令时，我的书和家具查封了登广告出售，破产在即，我自然写了信告诉你。我没说是因为要偿还我给你买礼物的款项，法警才进入这所你曾如此经常地在这儿进餐的房子。我想，不管想对了还是想错了，这消息也许会让你不好受一下。我只是把事情如实告诉你，觉得这些事理应让你知道。你从布伦回了一封信，听那口气高兴得简直像写抒情诗似的。说是你知道你父亲“缺钱”，不得已筹措了 1 500 英镑的诉讼费，我这一破产，真是让他“大失一分”，因为没法从我这儿拿到一点诉讼费了！你现在明白了吗，仇恨可以把人蒙蔽到什么地步？你现在看出来了吗，当我说仇恨是一种破坏性的萎缩，它除了本身，会破坏一切时，我是在科学地描述一个真确的心理事实？我所有的好东西都要卖掉了：伯恩-琼斯的画、韦斯勒的画、蒙蒂塞利的画、西米恩·所罗门的画、各种瓷器，还有我的藏书，里头有当今世界几乎每一位诗人作品的赠阅本——从雨果到惠特曼、从斯温伯恩到马拉美、从莫里斯到魏尔伦，还有我父母著作装订精美的版本，还有从小学到大学历次的奖章奖品，还有各式豪华版书籍，等等。这一切在你眼里一钱不值。你说这无聊透了，就这样。你从中真正看到的，是你父亲最终可能要破财几百英镑，这鸡毛蒜皮的破费就让你乐不可支。至于说诉讼费，你也许有兴致听听，你父亲曾在奥利安斯俱乐部公开说过，如果花上个 20 000 英镑他会觉得太值得了，闹了一场，痛痛快快、高高兴兴来了个大获全胜。他不但让我在监狱里蹲了两年，还有一个下午让我当众出丑，宣布破产，这倒是他始料不及的锦上添花。我的羞辱，他的得意，莫过于此。如果不是你父亲要将诉讼费转嫁于我的话，那我心里再明白不过了，起码就口里说的听来，你无论如何会对我痛失所有藏书而深表同情的。对一个文学家来说，这是无可挽回的损失，在所有物质损失中，这是最令我心疼的。记起这些年我是怎样大把大把地在你身上花钱，供你养你，你甚至可能会出点力为我买回一些书来。那些书最好的以不到 150 英镑全卖了：差不多是我平常一周内为你花的钱。可是一想到要从你父亲兜里掏出几个便士了，这琐屑卑微的快感令你忘记了去为我做出一点回报，一点小小的回报，这样的轻而易举、不花大钱，却又会这样的有目共睹，令我求之不得。我说仇恨蒙蔽了人的眼睛错了吗？你现在看到了吗？要是还没有，就瞪大眼睛看吧。

我当时，如同现在一样看得有多清楚，就不必跟你说了。但我对自己说：“不管怎样，我必须心中存着爱。要是不带着爱进监狱，那我的灵魂该怎么办？”那时从荷洛威给你写了那些信，就是努力要存住爱，让它成为我自己心性的主旨。要是我真想这么做的话，本可以将你痛骂得体无完肤，本可以用诅咒鞭挞你。我本可以擎起一面镜子，让你看到那样一副你自己都认不出来的嘴脸，看到它在学你那可怕的样子时，才知道那就是你，于是对它、对你自己，一恨到底。还不止于此呢。另一个人的罪孽正算在我的账上。如果我想这么做的话，本来可以在两场中的哪一场审讯里把那个人推出来而免自己一难，当然不是免于羞辱了，而是免于牢狱之苦。如果我高兴的话，大可以披露起诉方的证人——最重要的那三个——是经过你父亲和他的律师们精心调教过的，不只是如何以守为攻，更是如何以攻为守，处心积虑地、诡计多端地经过排练预演，绝对要把另一个人的所作所为安到我头上。我本可以使法官当堂把他们一个个赶出证人席的，甚至比裁定那个做假证的卑鄙的阿特金斯[26]更为即决。我本可以风凉话挂在嘴边，两只手插在兜里，无罪一身轻地走出法庭的。要我这么做的压力太大了。有人真心地劝我、央求我、哀求我这么做，他们唯一关心的是我的祸福，是我家门的存亡。但我拒绝了。我不想这么做。对这个决定我从来没有后悔过，即便在监牢里那些最痛苦的时候。那样的举动我不屑为之。肉体之罪算不了什么。如果该治的话，也是留给医生诊治的疾患。只有灵魂之罪才是可耻的。假使通过这种手段使自己获判无罪，对于我将是永生的折磨。但是你真的就认为自己配得上我那时对你表示的爱吗？真的就认为我有哪一刻觉得你配得上吗？你真的就认为在我们的友谊之中，有哪一段时期你配得上我对你表示的爱吗？真的就认为我有哪一刻觉得你配得上吗？我知道你配不上的。但爱不在市场上交易，也不用小贩的秤来称量。爱的欢乐，一如心智的欢乐，在于感受自身的存活。爱的目的是去爱，不多，也不少。你是我的敌人，从来没有谁有过像这样的敌人。我曾把自己的生命给了你，然而为了满足一己私欲，那人情人性中最低下最可鄙的欲望——仇恨、虚荣还有贪婪——你把它丢弃了。在不到三年时间里，你把我完完全全给毁了。为了我自己的缘故，我别无选择，唯有爱你。我知道，假如让自己恨你的话，那在“活着”这一片我过去要、现在仍然在跋涉的沙漠之中，每一块岩石都将失去它的阴影，每一株棕榈都会枯萎，每一眼清泉都将从源头变为毒水。你现在是不是开始明白一些了？你的想象力是不是在从它那漫长的昏睡中苏醒过来？你已经知道恨是什么个样子了。你是不是也开始悟出爱是什么个样子，爱的本质又是什么呢？你要学还不太晚，虽然为了教你，我可能非得这么坐牢不可。

在我那可怕的刑判下来后，当囚衣披上身、牢房关上门之后，我坐在自己灿烂生活的废墟中，痛苦使我肝胆俱裂，恐惧使我不知所措，疼痛又令我眼冒金星。但我不会恨你的。每天我都对自己说：“今天我必须把爱留存心间，否则这一天怎么过？”我提醒自己说你是不怀恶意的，不管怎样，对我是不怀恶意的。我要自己认为，你不过是贸然张弓，是箭镞射中了一个国王，穿进他铠甲的连接处[27]。要是连我忧伤中之最轻者、损失中之最小者都拿出来同你计较，我觉得，是不公平的。我决心把你也看作患难者，强迫自己相信，那长久蒙蔽你眼睛的荫翳终于消解了。我曾常常不无心痛地悬想，当你思量自己一手造成的可怕后果时，会是多么的惊惧。即使在那黑暗的日子里，那些我一生中最黑暗的日子里，也有些时候我当真渴望能去安慰你，那样确信你终于领悟到了自己的所作所为。

我那时没想到，你会有这一大恶——浮浅。我当时真的很伤心，但又不得不告诉你，第一次让我收信的机会，因为只能收一封，只好留给有关我家事的信。我妻子的兄弟来信说，只要我给她写一次信，她就会因为我和我们孩子的缘故，不兴讼离婚。我感到有责任这样做。其他理由不说，一想到要同西里尔分开我就受不了。我那漂亮、会疼人又招人疼的孩子，我所有朋友中的朋友、我一切伙伴中的伙伴，他那小小脑袋满头金发中的一根，对我来说都比，不用说从头到脚的你了，都比普天下的宝石还宝贵[28]——确实一直都是这样的，只是等我明白时已太晚了。

在你申请后两周，我得到了你的消息。罗伯特·舍拉德，这位最勇敢最侠义的好人，前来看我，除了别的事外，也告诉我那份荒唐的《法兰西信使》[29]，及其作为文学腐败的真正中心，是如何忸怩作态，说你就要在上面发表一篇文章谈我的事，还要附上我的一些信件。他问我是否真的希望这么做。我听了大吃一惊，非常恼火，命令这事马上停止。你曾经把我的信四处乱放，让你那一伙人偷了来敲诈，让旅馆的仆人窃取，让家里的用人出卖。那不过是你对我写给你的信掉以轻心、无法欣赏罢了。而你竟然认真提出把剩下的信选出来发表，这几乎使我不敢相信。你会选些什么信呢？我无从知道。这是我得到的关于你的第一则消息。它让我很不愉快。

第二则消息很快就来了。你父亲的律师在监狱里露面，当面递送了一份破产通知，就为了区区的700英镑，这是他们报的费用数额。我被判为公开破产，必须出庭。我强烈认为，现在仍这样认为，等下还会重提此事，这些费用该由你家支付。你曾以个人担保，明言你家会支付的。就因你这么说了，律师才承接这个案子的。你绝对应该负责。即使不因为你代表你们家所做的承诺，你也应该感到，既然你已弄得我身败名裂，那至少也该让我免于这雪上加霜的破产之耻吧，何况是因为这根本不足挂齿的一点钱，还不到短短的三个月夏天里我在戈灵为你花的一半呢。关于这一点，在这里暂且不多说了。我完全承认，从律师楼的职员那里收到过你关于这件事的口信，怎么说也是同这事有关联的口信。他来取我的证言和声明的那天，从桌那边探过身来——看守当时在场——从衣袋里拿出一张字条看了看，低声对我说："百合花王子[30]向你问好。"我瞪着眼睛看他。他又把话重复了一遍。我不知道他说的是什么。"那位先生目前在国外。"他神秘地补了一句。我恍然大悟，记得在我的囚徒生活中，那是第一次也是最后一次笑了。天下所有鄙夷尽在那一笑中了。百合花王子！我看到了——而以后的事情说明我没看错——所发生的这一切，丝毫没让你有一丁点的领悟。你在自己眼里仍然是一出小喜剧中风度翩翩的王子，而非一出悲剧演出中忧郁伤心的人物。所发生的一切，只不过是帽子上的一根羽饰，装点着一个气度狭隘的脑袋，只不过是别在马甲上的一朵花，遮掩着一颗仇恨，只有仇恨，才能温暖的心。那颗心中，爱，只有爱，会觉得寒冷。百合花王子！你用个假名同我联系，当然是无可厚非的事。我自己呢，在那时，什么名字也没有。在当时被囚禁的那个大监狱里，我不过是在长长的一条走廊里，一间小小的单人牢房门上的数字和字母罢了，千百个无生命的号码中的一个，千百条没生活的生命中的一条。但是在真实的历史中肯定有许多真实的名字吧，对你会更合适得多，你用了我也会不费力地一下就认出你来？我并未在那些只适用于化装舞会上取乐的光怪陆离的假面后寻找你。啊！要是你的灵魂因为哀愁而伤痛，因为愧悔而谦卑，因为悲苦而沉重——为求其灵修臻于完美甚至应该这样的——那就不会选择这么一个伪装，想躲在这么一个暗影中潜入这悲苦之地！生活中的大事是因为它们显得大，因为这一点，虽然你听着可能觉得奇怪，大事往往难以阐释。但是生活中的小事却是象征。我们最容易通过小事吸取人生的惨痛教训。你似乎是不经意地选择了一个假名，这件事当时是并将依然是具有象征性的。它把你揭穿了。

六周之后又来了第三则消息。我从病重躺卧的医院病房被叫了出来，去听一则你通过监狱长传给我的口信。他读出一封你写给他的信，信中说你提出要发表一篇《奥斯卡·王尔德一案》的文章，发在《法兰西信使》上（该“杂志”，你出于某种特殊原因补充说，“相当于我们英国的《双周评论》”），很想得到我的许可发表一些信的摘要或选段——哪些信？是我从荷洛威监狱给你写的那些信！那些信本该是你在这整个世界上最弥足珍贵、最秘不可宣的东西！这些就是你提出要发表的信，让那些饱食终日的颓废派们看了称奇，供那些贪得无厌的专栏作家们搜集猎奇，叫《拉丁季刊》的小名流们目瞪口呆、乱说一气。如果你自己心中没有什么会疾呼反对如此下流的亵渎之举，那至少也该记得那个人在伦敦看到约翰·济慈的信在公开拍卖，悲伤与鄙夷之余写下的那首商籁诗，而最终能理解我诗句的真意：

……我看他们对艺术并不钟情
打碎了一位诗人水晶般的心灵
一任那些猥琐的小眼睛虎视眈眈。[31]

你的文章想要搬出些什么来呢？说我太喜欢你了？这一点巴黎的浪子知道得很清楚。他们都看报，其中大多也给报社写东西。说我是个天才？这一点法国人明白，还有我天才的独到之处，他们比你所了解的，或者人们可能希望你会了解的，要明白得多。说天才常常伴随着情感和欲望上莫名的乖张变态？佩服佩服，但这课题是隆布洛索的专长，不是你的。况且，这一病理现象也见于没有天才的人群。说在你和你父亲仇恨的争战中，你们各自都拿我既当盾又当矛？还有呢，说在你们的争战结束后对我的那场追魂夺命的恶毒攻击中，要不是你的网撒到了我脚边，他是根本逮不着我的？这倒不假，但有人告诉我亨利·波厄已经著文把这一点说得再清楚不过了。[32]而且，要证实他的观点，如果这是你的目的，那也用不着发表我的信，怎么说也用不着发表在荷洛威监狱里写的信。

为了回答我的这些问题，你会不会说，我自己在荷洛威监狱里写的一封信中，要你尽可能在小小一部分世人面前还我一些清白？没错，我是说了。记住我为什么此时此刻会在这里。你认为我在这里是因为同那些原告证人的关系吗？我同那种人的关系，不管是真的还是猜的，政府和社会都不感兴趣。这些人他们根本不知道，更不会去注意。我在这里，是因为本想把你父亲关进监狱。当然我失败了。我的辩护律师撒手认输了。你父亲反败为胜，把我给关进了监狱，还关着呢。这就是为什么我被人看不起。这就是为什么人们鄙视我。这就是为什么我得一天一天、一小时一小时、一分钟一分钟地服完这可怕的徒刑。这就是为什么我要求提前释放的请愿书都被拒绝了。

你本来是唯一的一个人，能在丝毫不必蒙羞冒险受辱的情况下，改变局面，令整个事件改观，在某种程度上反映出真相来的。我当然不期望、确实也不希望你和盘托出你当初是怎样，以及为了什么目的在牛津碰到麻烦后找上我求助的；或者，你是怎样，以及为了什么目的——如果你还真有什么目的的话——将近三年来简直是寸步不离我左右。这段交情对于我，作为一名艺术家、一个有地位的人，甚至是社会的一员，具有偌大的毁灭性；我屡屡要摆脱这交情，个中的始末曲直，本不用像现在这样细算流水账的。我也不会要你把那些三天两头你几乎是必闹无疑的场面描述一遍；不会要你把打给我的那一连串绝妙的电报，那一派奇怪地交织着谈情和说钱的文字，重印出来；也不会要你像我曾经被迫所做的那样，从你的信中摘引那些更是不堪入耳、无情无义的段落。但我仍然认为，你要是能就你父亲的话提出抗议，那于我于你都是有好处的。你父亲对我们友谊的说辞，既怪且毒，说到你时是那么荒唐可笑，说到我时又是那么血口喷人。这种说辞现在竟然已载入正史：有人引证，有人相信，有人编纂；讲道者以此撰写他的布道文，卫道者以此作为他道德文章的主题。而我呢，曾经令老老少少心动的我呢，却要接受一个笨蛋小丑的判决。我承认，在这封信里，我曾不无苦涩地说过，事情的讽刺之处在于你父亲有生之年将成为主日学校小册子里头的英雄，你将与少年撒母耳[33]并列，而我将与雷斯和萨德侯爵为伍。我敢说这再好不过了。我无意抱怨。人在狱中学到了好多，其中之一就是：天下事，是怎样就怎样，该怎样会怎样。我也毫不怀疑，中世纪的麻风病人和《朱斯蒂娜》的作者将比《桑佛德与默顿》[34]更好做伴。

可是在给你写那信时，我觉得为了你也为了我，不接受你父亲通过辩护律师提出的旨在教化庸人俗世的说辞，这样是正确的、正当的、应该的。这就是为什么我要你构思写些东西以正一点视听。对于你，至少也比胡乱给法国报纸写些你父母的家庭生活要好。你父母过去的家庭生活快乐与否，法国人会理睬吗？再也想不出对他们来说比这更无聊的话题了。确实会让他们感兴趣的是，一个像我这么出名的艺术家，一个通过以其为化身的流派和运动而对法国的思潮有过显著影响的艺术家，怎么会过这种生活，而后又去打这样一场官司。我给你写了恐怕有数不清的信，说你是怎样在把我拖向毁灭；说你是怎样放纵自己的喜怒无常，为狂暴的脾气所左右，害我也害己；说我是怎样有心，不，是决心要断绝这完全会置我于死地的友谊。假如你为你的文章而要发表的是我的这些信，那我会理解的，虽然不会允许它们发表。当你父亲的辩护律师想抓我的把柄时，突然在法庭上出示我的一封信，那是在1893年3月写给你的，信中说你既然这么喜欢大吵大闹，那我与其再忍受一轮这可怕的场面，还不如就此“让全伦敦的房客来敲诈”。你我友谊的这一面没想到就公之于众了，这真的使我非常伤心。但是，对这珍贵的、微妙的、美好的一切，你却如此的不聪不敏、不痛不痒，迟迟不能发现与欣赏，竟至于自己提出要发表这些信件；

须知正是在这些信件里，也是通过这些信件，我想保有爱的神与魂，使之存活在我的肉体中，熬过那副肉体蒙受屈辱的漫长岁月而不死——这曾经是、现在仍然是令我最悲最痛，最最失望的心结。你为什么要这么做，恐怕我是太清楚了。如果仇恨蒙蔽了你的眼睛，那虚荣便是用铁丝把你的眼皮缝在一起了。那种“通过它，只有通过它，才能既以其理想关系也以其真实关系来理解他人”的才能，被你狭隘的利己之心磨钝了，而长久的荒废又使它不复可用了。你的想象力同我的人一样，被囚禁在监牢里。虚荣是铁条封住了窗口，看守的名字叫仇恨。

这一切是发生在前年 11 月初的事了。[35] 那么久远的日子和现在的你，其间横着一条生活的长河。这茫茫一片荒山野水，你即使看得见，也很难望得穿。然而在我看来似乎是发生在，我不说是昨天，而是在今天。受苦是一个很长的瞬间。我们无法将它用季节划分。我们只能记录它的心境，按顺序记下它种种心境的回环往复。对于我们，时间本身不是向前推移，而是回旋运转。它似乎在绕着一个哀苦的圆心盘旋。这是一种凝滞的生活，时时事事都由一个不可变的模式控制，我们吃喝、起卧、祈祷，或者至少是为祷告而下跪，都得遵循一条铁的公式：那些一成不变的律法，这种令人麻木的凝滞，使得每一天都暗无天日，都在重复着过去的日子，分毫不变。这种凝滞，似乎也传给了外间天地的各种力，而天地之力的存在，本质就在于不断变化。春种秋收，农人在田里俯身挥镰，果农穿行于藤蔓间采摘葡萄，果园的青草上，残花落时一片片的白，果子掉下又散散的滚了一地：这一切，我们一点也不知道，一点也无法知道。

对于我们，只有一个季节，悲怆的季节。那太阳、那月亮，似乎都从我们的天穹拿掉了。外面也许是蓝天丽日，但是透过头顶小小的铁窗那封得严严的玻璃，漏下的只是一点点灰暗的光线。牢房里整天是晨昏不辨，一如内心中整天是半夜三更。思维也同时间一样，不再有任何运动。你自己早已忘却的事，或者很容易就忘却的事，现在我正身历其境，明天还将再历其境。记住这个吧，那样你就会明白一点，这封信我为什么写，为什么这样写。

一个星期过后，我被转到这里。三个月过去了，我母亲去世了。[36] 你比谁都清楚我对她有多爱，多尊敬。她去世，对我是个如此可怕的噩耗，即便我曾出口成章，也有口说不出内心的哀伤和愧怍。即使是在我艺术的巅峰时期，也绝对找不出什么词语，载得动这千钧重负；也找不出什么词语，在我那万绪千端、沸沸扬扬而又无可言传的悲恸之中，能如音乐的雍容肃穆穿行其间。她和我父亲留给我一个他们已使之高尚荣耀的姓氏，不但在文学、艺术、考古和科学，也在我祖国的历史中，在我民族演进的历史中留名。而我却让那个姓氏永远地蒙羞，让它沦为下贱人流传的下贱笑柄，让它蒙上了耻辱的污秽。我把它丢给了恶人使它成为恶名，我把它丢给了蠢人使它成为愚蠢的别名。我当时承受的悲苦、现在还在承受的悲苦，用笔写不下，用纸记不完。我妻子那时对我好，不想让我从不相干的人嘴里听到这噩耗，病得那么厉害还从意大利的热那亚赶到英格兰，亲口把这样一个无可挽回、无可补救的损失婉转地告诉我。那些对我仍存有感情的人无不传话表示同情。甚至那些以前并不认识的人，听到我破碎的生活中又添新愁，也写信来要求把他们的哀思传达给我一二。只有你，冷眼旁观，没传来一句话，没寄来一封信。维吉尔对但丁说起那些没有高尚的冲动也没有深远的意向的人，像你的这种样子，用他的话最好说了：“不说他们，只用眼睛看看，再掉头走开。”[37]

三个月过去了。挂在牢门外，上面写着我的名字和刑期，用来记录我每天劳动与表现的日历告诉我，是5月了。

朋友们又来看我了。我照样问起了你。人家说你在那不勒斯的别墅里，正在出一本诗集呢。在会面快结束时，还随口说起那些诗是要献给我的。这消息似乎让我觉得一阵恶心。我一句话没说，默默地回到牢房，满心的鄙夷与蔑视。你怎么会做这样的梦，不事先征得我同意，竟要把一本诗集献给我？做梦，我说了是不是？这样的事你怎么也敢做出来？你会不会拿这样的话回答我：在我名扬天下、飞黄腾达的日子里，不是就答应过接受你把自己早期的作品题献给我？没错，我答应过，就像我答应任何一个刚踏上这条既艰难又美好的文学之路的年轻人，接受他们的敬意。对艺术家来说，一切敬意都是令人愉快的，而来自青年的敬意又倍增其愉快。月桂之花、月桂之叶，一让苍老的手采摘，便枯萎了。只有青年有权为一位艺术家戴上桂冠。那是年轻人真正的特权，但愿他们明白这个道理。但是蒙羞含辱的日子同名扬天下、飞黄腾达的时候是不一样的。你还得弄明白，发财、享乐、出人头地，这些可以是大路货，但悲怆却是所创造的一切中最敏感的。在整个的思想和运动的空间内，只要稍有动静，它便会以既精妙又可怕的律动，与之共振。那敲得薄薄的金箔[38]，能用来检测肉眼看不见的力的方向，可再敏感，相比之下也显得粗糙了。悲怆是一道伤口，除了爱的手，别的手一碰就会流血，甚至爱的手碰了，也必定会流血的，虽然不是因为疼。

你那次可以写信给瓦兹华斯监狱的狱长，征求我的许可把我的信发在“相当于我们英国的《双周评论》”的《法兰西信使》上，为什么这次就不能写信给雷丁的监狱长，征求我的许可，让你把诗题献给我呢？不管你把那些诗说得怎样天花乱坠。是不是因为在那件事上我禁止了有关的杂志发表我的信件，而你当然是再清楚不过了，信的版权那时是、现在还是完全地归我所有；而在这件事上你以为可以不管我，随心所欲地做去，等我知道了要干涉也太晚了？我现在是个蒙羞受辱、穷途潦倒、身陷囹圄之人。单凭这一点，你要是有意要在你作品的扉页写上我的名字，就应该求我予你这个方便，给你这份荣耀，授你这项特权。一个人本该这样跟那些含垢忍辱的人们商量的。

悲怆中自有圣洁之境。总有一天你会领悟其中意思。否则就是对生活一无所知。罗比以及像他那种心地的人会明白的。当我夹在两个警察当中从监狱里被带到破产法庭时，罗比等在那长长的、凄凉的过道里，我戴着手铐低着头从他身边走过，这时他能庄重地当众扬起帽子向我致意，这亲切的、简简单单的一个动作，一下子让在场的人鸦雀无声。比这更小的举动就足以让人进天堂了。正是本着这种精神，正是因着这种爱，圣人会跪下给穷人洗脚，会俯身亲吻麻风病人的脸颊。这事我从未跟他提过。直到现在我还不知道，他是否意识到自己的举动我觉察到了。这样的事情是无法在形式上以话语正式道谢的。我将它存在内心的宝库中。将它存在那儿，作为我暗暗欠下的一笔债，我很高兴地想，这债是永远也还不清的。将它存在那儿，让滴滴泪珠化作没药与肉桂[39]，使它永远芬芳，永远甜美。在这个智慧于我无益，达观于我无补，引经据典安慰我的话于我如同灰土的时候，那小小的、谦恭的、无声的爱之举动，想起它，就为我开启了所有怜悯的源泉：让沙漠如玫瑰盛开，带我脱离囚牢的孤单与苦痛，让我与世界那颗受伤的、破碎的、伟大的心相依相连。当你不单单能够理解罗比的举动是怎样的美好，而且还能理解这举动为什么对我意义如此重大，并将永远意义重大时，那么，你也许就能明白本来应该怎样、应该本着一种什么精神，来同我商量，允许你把诗献给我。

一点也不错，我无论如何不会接受这献诗的。虽然，也许吧，在其他情况下你问了我会高兴，但仍会为了你好而拒绝这一请求，不管我自己心情如何。一个年轻人，在他青春正盛时呈献给世界的第一部诗集，应该像春天的鲜花，像莫德林学院草坪上的山楂树，像康姆纳[40]田野的立金花；而不该去背负一个可怕可恨的悲剧、一个可怕可恨的丑闻。倘若我让自己的名字用去为诗集的问世报喜，那将是艺术上的一大错误。它将使整个作品裹在一种错误的氛围之中，而现代艺术中氛围又是如此重要。现代生活是复杂的、相对的。这是它的两个显著特征。要表现第一个，我们需要氛围及其微妙的神韵、暗示和奇妙的透视；要表现第二个，我们需要背景。这就是为什么雕塑已不再是一种再现型艺术，而音乐则是；这就是为什么文学是、也一直是、将来永远还是再现型的最高艺术。

你的小书，本来应该带着西西里岛的神韵和阿卡狄亚的田园风味，而不是罪犯被告席的龌龊和囚牢的恶浊。你提议的这样一种献诗，还不只是艺术品位的错误；从别的观点来看也是完全不恰当的。它会显得像是你在我被捕前后的举止态度的延续。它会给人一种印象，认为这是愚蠢地虚张声势，是那种在人所不齿的偏街小巷被贱卖贱买的勇气。就我们的友谊而言，复仇女神已把你我像苍蝇似的打得稀烂。在我身陷囹圄时献诗给我，实在像是一种自以为聪明的耍贫嘴，在过去你还只是写信的那些个可怕的日子里——为了你好，我真心希望那些日子是一去不复返了——你常常公开以这种耍贫嘴的顶撞功夫为荣，很得意地自我吹嘘。这样做，不会产生我料想——我确实相信——你所属意的那种严肃的、美好的效果。你要是征求了我的意见，我会劝你暂缓一阵出版你的诗集；如果不喜欢这样的话，最初可以先匿名出版，等你的歌为你赢来了仰慕者——唯一一种值得争取的仰慕者——那时你可以转过身来对世界说道:“你们赞赏的这些花是我种的,现在我要把它们献给一个人，这个人你们把他遗弃了、赶走了，我以这些花来表达对他人品的热爱、尊敬和钦慕。”但是，你选的方式错了，选的时间也不对。爱是讲策略的，文学是讲策略的：这两样你都不敏感。

这一点我已经详细地对你说了，以便你对它能充分了解，从而理解我为什么会当即写信给罗比，提到你时口气是那么鄙夷不屑，并绝对禁止你的题献，而且希望能把我说你的这些话细心抄出来寄给你。我感到终于是时候了，得让你对自己干下的事有所了解，有所认识，有所领悟。蒙蔽之深会变成怪异；而一份没有想象力的心性，如果不去唤醒的话，会变成石头般的冥顽不灵。如此一来，肉体可以吃可以喝可以享乐，而以肉体为寓的灵魂,会像但丁笔下布兰卡·德奥里亚[41]的灵魂那样，永无复活之日了。我的信你似乎收到得正是时候。就我判断，那些话对你像是五雷轰顶。在给罗比的回信中你自己说了,“失去了所有思想和表达的能力”。的确，看那样子你除了写信给你母亲告状外，想不出更好的什么了。她本来就因为看不到怎样才是真的对你好而铸成了自己和你的不幸，这下当然是想方设法安慰你，我想是把你又哄回了早先那种不肖也不中用的样子。至于我这头呢，她告诉我的朋友，说我这样对你严词贬责使她“非常的不高兴”。的确，她不但把这不高兴跟我朋友说了，还跟别人——我几乎不用提醒你了，是更多得多的人——说了，这些人并非我的朋友。而现在，我已通过那些同你和你家相交甚厚的渠道听说了，本来由于我的过人才华以及所受的非人折磨，人们对我的同情在渐渐不断地增加，但是出了这件事，这同情已荡然无存。人们说：“呵！他早先想把那慈祥的父亲弄进监狱不成，现在又转过来把这失败怪罪到那无辜的儿子头上。真是活该被咱们看不起！多么不识抬举的人！”在我看来，当有人在你母亲面前提到我的名字时，假如她对自己在我的家破人散中所应负的那份责任——不小的一份呢——没什么悲伤和遗憾之词可说的话，那也请她保持沉默为好。至于你——难道你现在还想不通吗，当时要是不写信向她告状，而是直接写给我，有那个勇气把你要说或认为要说的话统统说出来，这样做不管从哪方面看对你都更好？我写那封信到现在快一年了。你不可能在这期间一直“失去所有思想和表达的能力”吧。为什么不写信给我呢？从我的信中你看到你所做的一切对我的伤害有多深，令我有多生气。还不止如此呢；你看到，你同我的友谊，前前后后巨细无遗地摆在了眼前，终于本色毕露，毫不含糊。过去我常常说，你这样要把我毁了。你听了总是一笑。在你我交往之初，爱德文·列维[42]看到当你在牛津不幸落难时——如果我们非把它称为落难不可的话——是怎样把我推出去为你担忧受过，出面甚至出钱；在我就这事向他请教求助时，他花了整整一个小时规劝我不要同你认识来往。在布莱克奈尔我跟你讲了同他的那次令人难忘的长谈，你听了一笑。我曾告诉你，即使那个最终和我一起站在被告席上的不幸的年轻人，也都不止一次地警告过我，说你将来会比任何人，甚至比我傻乎乎认识的那些普通男孩，都要致命得多，终将置我于身败名裂的死地。你听了一笑，虽然这次没觉得那么好玩。我那些为人更谨慎或者相交不甚厚的朋友，因为我同你的友谊，要么对我忠言相劝要么离我而去，你知道后不屑地一笑。当你父亲第一次在给你的信中咒骂我时，我告诉过你，我知道自己不过是你父子交恶中的卒子而已，最终是遭殃。你听了狂然大笑。但结果是，我说了要发生的事，大大小小无不全发生了。你没有理由说不知道这一切的始末曲直。为什么你不给我写信？是怯懦吗？是无动于衷吗？是什么呢？我对你发脾气，在信中发了脾气，这更应该是你写信的理由啊。如果认为我信中说的有理，你应该写了信来。如果认为我说的有一点点的不合理，你应该写了信来。我等着一封信。我确实感到，你终究会明白的，如果旧日的感情、那世人颇不以为然的爱、我千百次向你表示的善而不得善报的盛意、你千百次欠我的尚未回报的人情，倘若这一切你认为是不值一提的话，那么光是履行义务，这人与人之间最无情意可言的契约关系，也该使你动笔了。你不至于当真认为，我除了家人的事务信函外，不让收到任何东西了吧。你非常清楚地知道，每隔十二星期罗比都写信给我，说一点文坛消息。再没有什么比他的信更令人如沐春风了：那份机智，那些精辟的批评，那轻巧的笔触——这才真叫写信，就像在跟人谈天，很有法国人称之为“密友闲聊”的况味。他把对我的敬服表现得含蓄优雅，一会儿诉诸我的理性判断，一会儿投合我的幽默感，一会儿与我的审美直觉呼应，一会儿与我的文化修养合拍，处处微妙地让我记起自己曾经在许多人眼里是品评艺术风格的一方盟主，对一些人来说是最高盟主。他既显示了自己文学的策略，也显示了他爱的策略。他的信是我与那个美丽的非现实的艺术世界之间的小小信使，在那个世界里我曾经尊贵为王。的确，本来会继续为王的，只是我让自己受诱惑，掉进了一个不完美的世界，掉进了粗鄙而不圆满的激情、正邪不辨的嗜好、没有止境的欲望、散漫无定的贪婪之中。然而，该说的都说了之后，肯定你自己心中怎么也会理解，也会想得到，即使是基于好奇这一普普通通的心理，我也很想收到你的消息，胜过听到艾尔弗列德·奥斯汀[43]要出一本诗集，斯特利特[44]在给《每日纪事》写剧评，或者是由一个读一篇颂词也要口吃的人宣称梅纳尔太太[45]为新一位掌管风格的女判官等诸如此类的新闻。

啊！要是换成了你在监狱——我不说是因为我的过失，要是这样那太可怕了，我承受不了的——而是因为你自己的过失，你自己的错误，如交错朋友、信错人、爱错人、在肉欲的泥淖中失足，或者这些都不是，或者这些都是——在这种情况下，你想我会让你在黑暗与孤寂中凄惨度日，而不想办法，哪怕是多么微不足道的办法，帮助你去承受耻辱的重压吗？你想我会不让你知道吗，你受苦，我与你同在受苦；你哭泣，我眼中也会充满热泪？你想我会不让你知道吗，假如你幽困于缧绁之室，为人所不齿，我会用满心的悲哀去构筑一处宝屋，百倍加添地存起世人不让你得到的一切，等着你的归来，伴着你的康复？如果出于令人痛苦的需要或谨慎，对于我这是更加的痛苦，我不得与你接近，被剥夺了与你相见的快乐，即使是透过铁窗看看里面囚首垢面的你都不行，我也会一年四季地给你写信，希望哪怕是一些只言片语，甚至不过是爱的不成声的回音，也许会传到你那儿。即使你拒绝收我的信，我也会照写不误，这样你就会知道，不管怎样总是有信在等着你。不少人都这样写信给我。每过三个月人们都给我写信，或提出要给我写信。他们的信件都存在那里，等我出狱时交给我。我知道信都在那儿。我知道写信人的名字。我知道信中充满了同情，以及关爱，以及善意。这就够了。我不需要知道得更多。你的沉默令人寒心。不止是几星期或几个月，而是几年的杳无只字；几年了，即使是像你这样的人也得算一算，你们快活的时光过得飞快，日子翩翩而过，几乎赶不上它们闪光的舞步，追欢寻乐跑得你们上气不接下气。这沉默没有道理，这沉默无可辩解。我知道你有不为人知的弱点，犹如塑像的泥足。有谁知道得更清楚呢？在我的格言警句中，有一条是这样写的，正是泥足才使金身变得宝贵。[46]我当时想的就是你。但是，你给自己塑造的形象并非泥足金身。那些两角四蹄的畜生把大路上的泥尘践踏成泥淖，你正是用这泥淖之泥惟妙惟肖地塑成自己的人像给我看，这样一来，不管我曾经对你怀有什么秘密的向往，现在对你，除了鄙夷和蔑视外，不可能有别的感情了，而对自己，也只有鄙夷和蔑视了。别的理由不提也罢，就你的无动于衷、你的伧俗乖巧、你的无情无义、你的小心谨慎，随你高兴怎么说都成，只要一想到我落难当时及以后的种种怪事，这一切就令我倍觉苦涩。

别人进监狱受苦，如果说被剥夺了人间美好的东西，他们至少还是安全的，从某种程度上说，世上最要命的明枪暗箭[47]是够不着他们了。他们可以躲在牢房的黑暗中，耻辱本身就成了他们的一种避难所。世界遂心如意了，继续走它的路，他们就留在那里无人打搅地受着苦。而我就不同了。悲怆如潮，一阵一阵地敲打着层层牢门找我来。那些人把牢门洞开，让它涌进来。我的朋友，即使有的话，也很少能获准来看我。而我的敌人想来的话，却总是通行无阻。两次在破产法庭，又有两次在转监狱途中，我都在众目睽睽之下抛头露面，忍着说不出的奇耻大辱，任由世人嘲弄。死神的使者传达了他的消息之后，走了，我孑然一身，与世隔绝中有什么来安慰、来排解我的丧母之痛？思念母亲，悲哀和愧悔那难以忍受的重负，我唯有一个人承担，我仍在承担。没等那伤痛因为光阴流转而减轻，更别说伤口愈合，我妻子便通过律师寄来了一封封气势汹汹的信。

我这样同时受人以贫穷相激相逼。这个我挺得住。比这更糟的我都能咬咬牙挺过去。但我的两个孩子被法庭判走了。[48] 这是，也将永远是个令我无限沮丧、无限痛苦、无限悲伤的心结。法律竟会如此裁决，竟敢如此裁决，认为我不适合同亲生孩子在一起，这不禁令人毛骨悚然。牢狱之耻同这相比都算不了什么。我羡慕院里同我走步放风的人。他们的子女肯定在等着、盼着他们归来，而且会好好地待他们。

穷苦的人比我们更有智慧，更慈悲，更仁厚，更善解人意。在他们眼里，进监狱是人生的一出悲剧，一个不幸，一场灾祸，别人应该同情才是。一个人进了监狱，他们只说是“出事了”。他们总是这么说的，话语间表露了完美的爱的智慧。而我们这种地位的人就不同了。一进监狱便遭人唾弃。我，像我目前这样，几乎连得到空气和阳光的权利也没有了。我们一出现便扫人家的兴。等到从监狱里放出来，就成了不受欢迎的人。再看看那时隐时现的月色[49] 都不行。我们的亲生孩子被带走了。人性天伦美好的纽带断了。我们的儿子还活在世上，而我们却难逃孤老独居的命运。就这一样本可以治愈我们的创伤、帮助我们振作，本可以让受伤的心纾解、让痛苦的灵魂安宁的亲情，却不让我们得到。

而百上加斤的是这一不大但不可否认的事实：你的行为、你的沉默、你所做的和没来得及做的一切，使我漫长的牢狱之苦更变得度日如年了。就是狱中的饭食饮水，也因为你的所作所为而变味了。你让我的饭变苦，让我的水变涩。本该与我分担的伤悲你却令它倍增其悲；本该为我排遣的痛苦你却使它苦上加苦。我毫不怀疑你并非有意。我知道你并非有意。这只不过是“你性格上唯一真正致命的缺点，你的毫无想象力”而已。

归根结底我又非得饶恕你不可。不这样不行。我写这封信，不是要让你心生怨怼，而是要摘除自己心中的芥蒂。为了自己，我必须饶恕你。一个人，不能永远在胸中养着一条毒蛇；不能夜夜起身，在灵魂的园子里栽种荆棘。要我饶恕你一点不难，只要你帮我一把。在过去无论你对我做了什么，我总是很乐意原谅你。那时对你一点好处也没有。只有自己的生活毫无瑕疵的人才能饶恕罪过。但现在，我含屈受辱，情况就不同了。现在我饶恕你，对你应该是意义重大了吧。有一天你会领悟的。无论领悟得或早或迟，很快或根本领悟不了，我都清楚我该怎么做。你毁了一个像我这样的人，但我不能让你心头压着这负担过一辈子。这负担可能会使你变得麻木冷酷，或者凄凄惨惨。我必须把这重负从你心头举起，放上我自己的肩头。

我必须告诉自己，不管是你还是你父亲，即使再强大千百倍，也不可能摧毁一个像我这样的人；是我自己毁了自己——不管是大人物还是小人物，如果不是自己毁自己，别人谁也毁不了的。我很愿意这么对自己说，正下决心这么对自己说，虽然你这时可能没这么想。假如我这么无情地谴责过你，想想我又是多么无情地谴责了自己。你对我做的一切已够可怕了，我对自己做的则更为可怕。

我曾经是我这个时代艺术文化的象征。我在刚成年时就意识到了这一点，而后又迫使我的时代意识到这一点。很少有人能在有生之年身居这种地位，这么受到承认。这样的象征关系，如果真有人看到的话，那通常也是史学家或批评家；等看到时，那个人，那个时代，已然作古。而我就不同。我自己感觉到了，也使别人感觉到了。拜伦曾是个象征性人物，但他象征的是他那个时代的激情，及其激情的委顿。我所象征的则更为崇高，更为永恒，更为重大，更为广博。

诸神几乎给了我一切。天赋、名望、地位、才华、气概。我让艺术成为一门哲学，让哲学成为一门艺术；我改变人的心灵、物的颜色；我所言所行，无不使人惊叹；戏剧，这本是最为客观的艺术形式，在我手里却成为像抒情诗和商籁诗那样抒发个人情怀的表达方式，同时范围更为开阔、人物更为丰富；戏剧、小说、韵律诗、散文诗，微妙含蓄或奇妙非凡的对白，我笔之所至，无不以美的新形态展现其美；我让真实本身不但显其真，同样也显其假，亦真亦假，以此作为它天经地义的内涵，显明了无论真假，都不过是心智存在的形式。我视艺术为最高的现实，而生活不过是一个虚构的形态；我唤醒了这个世纪的想象力，它便在我身边创造神话与传奇；万象之繁，我一言可以蔽之，万物之妙，我一语足以道破。

除了这些，我还有不同的一些东西。我让自己受诱惑，糊里糊涂地掉进声色的放浪而不能自拔，以作为一个纨绔子弟、花花公子、风流人物自快，让身边围着一些不成器的小人。挥霍自己的才华，把一个永恒的青春抛掷，让我莫名其妙地觉得快活。在高峰顶上待腻了，便成心下到谷底，寻求新的刺激。对于我，思想范畴里隽永的精警，在情感范畴中则成了乖张的激情。欲望，到头来，是一种痼疾，或是一种疯狂，或两者都是。对别人的生死我变得漠不关心，只要自己高兴就快活一下，过后便掉头走了。我忘了，日常生活中每一个细小的行为都能培养或者败坏品格，因此，一个人在暗室里干的事，总有一天要在房顶上叫嚷出去的。我不再主宰自己，不再执掌自己的灵魂[50]，也不认识它了。我让你支配我、让你的父亲吓唬我，终于弄得脸面丢尽。对于我，只剩下一样东西了：绝对的谦卑；对于你，同样只剩下一样东西了：也是绝对的谦卑。你最好还是下来，在屈辱中与我一道学这功课。

我身受铁窗之苦已快两年了。在我心性的深处升起狂乱的绝望，哀绝的情状不忍卒睹：无力的暴怒、苦涩的鄙夷、欲哭无泪的哀伤、欲唤无声的苦痛、欲说无言的悲怆。人间苦情我一一尝遍了，我比华兹华斯本人更能理解他诗句的意思：

> 苦难悠悠，朦胧中，暗地里
> 原是无穷尽。[51]

但是，想到我的苦难无穷无尽虽然有时会觉得痛快，我可不想叫自己无端去受苦。现在我发现，藏在我心性深处有什么东西在告诉我，世界上没有什么是无意义的，而受苦是最不可能没有意义的。这个东西藏在我心性的深处，就像野地里的宝藏。它就是谦卑。

我内心所剩下的，这是最后一样，这也是最好的一样东西了：是我达致的终极发现，是我柳暗花明的起点。因为是出于自己，我知道它来得正是时候。不迟，也不早。如果是别人告诉我的，我会反驳。如果是别人带给我的，我会拒绝。既然是自己发现的，我便想存于心间。必须这样。就这一样东西，蕴含了生活的要素，新生活的要素，蕴含了我的新生[52]。天下万物唯有它最奇怪。给别人不行，别人要给你也给不了。想获得它也不行，除非把自己已有的东西全都放弃。只有在失去了一切之后，才能知道自己拥有它。

既然我领悟了自己心中的谦卑，就很清楚要做什么，事实上是必须做什么。我用了“必须”，不用说指的并非任何外在的制约或命令。这些我概不接受。我远比以往任何时候都更是个有主见的自为主义者。除非出自本人，否则任你什么东西，对我一点价值也没有。我的心性在寻找一个新的自我实现的方式。这是我唯一关心的。而我要做的第一件事，便是把自己从对你任何可能的怨恨中解脱出来。

我是完完全全的身无分文，实实在在的无家可归。可世界上还有比这更惨的呢。实话告诉你，与其心怀对你或世人的怨恨出这监狱，我还不如高高兴兴地挨家挨户要饭去。如果从大户人家要不到，从穷人家里也会要到一点的。东西很多的人常常贪婪成性，自己没什么的人总是与人分享。只要心中存有爱，我不介意夏天里在凉气袭人的草地上过夜，冬天里在干草堆边、在大谷仓下避寒。身外之物对我似乎是毫无意义了。你看，我的自为主义已经达到一种多么强烈的地步，或者更应该说是正在达到这种地步，因为路途还远着呢，而“我行走的地方布满荆棘”[53]。

当然我知道自己命中不会到大路边乞讨，如果当真躺在了冰凉的草地上过夜，那也是要给月亮写商籁诗。出狱那天罗比会在大铁门的那边等我的，而他所象征的，不止是他一个人的关爱，还有其他好多人的呢。相信有一年半的时间我不管怎样还是不会饿肚子的。这样的话，即使没写出好书来，至少也可以读些好书。还有比这更令人愉快的事吗？之后我希望能重整我的创作能力。可要是事与愿违，要是在这世界上变得无亲无故，千家万户也无人同情无人接纳，我唯有破衣遮身沿门托钵；即使这样，只要胸不存块垒，不为怨恨和鄙夷所困，我便能满怀信心，泰然直面人生，远胜过锦缎加身，裹着一个为仇恨所苦的灵魂。要我宽恕你，真的是一点也不难。但要我因为宽恕你而快乐，首先你必须感到需要我的宽恕。当你真的想要时，会发现它在等着你。

这个东西藏在我心性的深处，就像野地里的宝藏。它就是谦卑。

不用说，我得做的并非就这些，要只有这些就比较好办了。该做的事还多着呢。有陡得多的山要攀登，有深得多的幽谷要穿越。而一切都必须出自我内心。宗教、道德、道理，没有一样能帮得上忙。

道德帮不了忙。我生来就是个离经叛道的人，是个标新立异而非循规蹈矩的人。但是我看到一个人错不在于他做什么，而在于他成为怎样一个人。好在明白了这一点。

宗教帮不了忙。别人信那看不见的，我信摸得着看得到的。我的神他们住在用手建造的庙宇中，我的教义在实际经验的范围内达到了完美与完满的境界，可能太完满了，因为就像很多或所有那些把他们的天堂放在这世上的人，我不但在这世上发现了天堂的美好，也发现了地狱的可怕。要是真还考虑到了宗教，我便觉得想为那些无法信神的人创立一个教团，也许就称为“无父者兄弟会”吧。在这里，有一座圣坛，上面没点蜡烛，有一个神甫，心中不存平安，可以用没受过祝福的面包和不斟酒的圣杯主持圣餐。不管什么，要成为真实，就必须变成宗教。不可知论同信仰一样，也要有它的仪式。它撒下它的殉道者之种，应该结成了圣人之果，它应该天天赞颂，感谢上帝他躲着不让人看见。但不管是信仰还是不可知，都绝不能是外在于我的东西。它的教义必须由我亲自创立。只有创造自己形式的才是属灵的。假使我不能在自己内心发现它的真意，那就永远也发现不了。假使我不是已然找着了它，就永远也找不着了。

道理帮不了忙。讲道理那就等于说，定我罪的法律是错误、不公正的法律，让我受苦的制度是错误、不公正的制度。但是，我总得设法使这两样东西显得对我既公正又公平。正如在艺术中，人只关心一个特定的事物在一个特定的瞬间对自己来说是什么；在人性格的道德进化中也一样。我必须使发生在我身上的一切对自己有益。硬板床、恶劣的食物、磨得人手指尖又痛又麻的扯麻絮[54]的硬绳子、从早到晚奴隶般的劳作、似乎是出于常规需要而发出的呵斥命令、使悲哀显得怪异的丑陋衣服、静默、孤单、屈辱——这一切的一切，我都得转化为属灵的精神体验。对肉体的每一丁点降格，我都必须设法变成灵魂的精神升华。

希望能达到那个境界，使我能够说，简简单单、自自然然地说，我人生有两大转折点：一是父亲送我进牛津，一是社会送我进监狱。我不说这对我是最好不过的事，因为那样的话我听着太苦涩了。我更愿意说，或者听人们说，我是这个时代的产儿，太典型了，以至于因为我的乖张变态，为了我的乖张变态，把自己生命中好的变成恶的，恶的变成好的。然而，自己怎么说，别人怎么说，都无关紧要。重要的事，迫在眉睫的事，我不得不做的事，好让自己在剩下无多的日子里不致凋零残缺，便是将加诸我的一切尽皆吸收进自己的心性，使之成为我的一部分。既来则安，无怨无惧，也不耿耿于怀。恶大莫过于浮浅。无论什么，领悟了就是。

刚进监狱时，有些人劝我忘掉自己是谁。要听了这话就完了。只有领悟了自己是什么人，我心中才有安宁可言。现在又有些人劝我一出狱就忘掉自己曾经坐过牢。我知道要听了这话也会同样要命的。这意味着一种不可容忍的耻辱之感将永远紧追我不舍，这意味着为他人也为我而设的那些事物——日月之美、四季之盛、黎明的音乐、长夜的静谧、绿叶间滴落的雨点、悄悄爬上草地把它缀成银光一片的露珠——这一切在我眼里都将蒙上污渍，失去它们疗治心灵的能力，失去它们传达欢乐的能力。抵讳自己的经历就是遏止自己的发展。抵赖自己的经历就是让自己的生命口吐谎言。这无异于排斥灵魂。因为就像我们的肉体什么都吸收，既吸收经牧师或圣灵的显现净化过的东西，也吸收世俗不洁的东西，林林总总，都化为力气和速度，化为肌肉优美的动作，化为悦目的皮肤，化为头发、嘴唇、眼睛的线条与色泽；灵魂，同样地，也有它摄取营养的功能，能把本来是下作的、残忍的、堕落的东西，化为高尚的思想和高雅的情怀。不止如此，灵魂还能在这些东西中找到最尊严的方式来伸张自己，也能经常通过本来意在亵渎、毁灭的东西来把自己最完美地彰显出来。

我不过是一所普通监狱里的一名普通囚犯，这一点我必须老老实实地接受；尽管你也许会觉得奇怪，我要教会自己的事有一件就是：别因此而羞愧。我必须接受这是一个惩罚；假如因为受到惩罚而羞愧，那惩罚受了就跟从来没受过一样。当然，有许多事我没干却被定罪，但也有许多事是我干的因而获罪，还有更多的事我干了却从未被告发过。我在这封信中说了，神是奇怪的，他们惩罚我们，不但因为我们的恶行和堕落变态，也因为我们的美好与善良。就这一点，我必须接受的事实是，一个人受惩罚,不但因为他作的恶,也因为他行的善。我不怀疑，人这样受罚很有道理。这有助于，或者说应该是有助于对一己之善恶的领悟，不会因为其中的哪一样而自满自负。假使我这样，就能像自己所希望的那样，不会对受惩罚感到羞愧，那我就能自由地思考、行走、生活了。

不少人出狱后还带着他们的囚牢踏入外面的天地，当作耻辱秘密地藏在心底，最终就像一头头什么东西中了毒似的，可怜兮兮地爬进哪个洞里死了。他们落到这步田地真是可悲，而社会把他们逼成这样，很不应该，太不应该了。社会自认有权对个人施以令人发指的惩罚，可它也表现了浮浅这一大恶，领悟不到自己干下了什么事。当那个人受过惩罚之后，社会就撇下他不管了，也就是说把他抛弃了，而这时，社会对那个人所负的最责无旁贷的义务才刚开始呢。社会真的是愧对自己的行为，避而不敢面对它惩罚过的人，就像有人欠了债还不起就躲起来，或者给人造成了不可挽回、无可补救的损害后就逃之夭夭。我从我这方面要求，如果我领悟了自己所受的苦，那社会也该领悟它对我所施的惩罚，于是双方就不得再胸怀芥蒂、心存仇恨了。

当然，我知道以某个观点看，事情对我要比对其他人更困难；从案情的性质看，肯定要更困难的。同我关在一起的那些个苦命的盗贼流浪汉，在好多方面都要比我幸运。不管是在灰色的城市还是在绿色的乡村，他们犯罪毕竟是在小街小巷小地方；要找个人们对他们干下的事毫不知情的去处，简直用不着走出小鸟在破晓与黎明之间能飞过的距离。但是对于我，“世界缩得只有巴掌大”[55]，不管去哪儿，都看到铅铸石雕般地写着我的名字。因为我不是从寂寂无闻跃入一时的罪名昭彰，而是从一种永恒的荣耀跌进一种永恒的耻辱。我自己有时觉得这似乎说明了，如果真还用得着说明，名闻遐迩与臭名昭著不过是一步之遥，要是真还有一步远的话。

就我的名字传播所及，到哪儿人们都认得出我来，就我干的蠢事传扬所及，谁都对我的生平了如指掌。但即使这样，我仍然能从中看到对我好的一面。这将迫使我需要再次彰显我的艺术家身份，而且是越快越好。只消再出哪怕是一部好作品，我就能挡掉恶意攻击者的明枪，胆小鬼嘲讽的暗箭，把侮蔑的舌头连根拔掉。如果生活还要令我为难，目前肯定是这样，那我同样要叫生活为难。人们必须对我采取某种态度，因此既对他们自己也对我做出判断。不用说我指的不是特定的个人。我有心与之相处的人现在只有艺术家以及受过苦的人：那些知道美是什么的人，那些知道悲怆是什么的人。其他人我一概不感兴趣。我也不会对生活提出任何要求。说的这一切，谈的无非是关于自己对整个生活的心理态度；而我觉得，不因为受过惩罚而羞愧，是必须首先达到的境界之一，为了我自己能臻于完美，也因为我是如此的不完美。

接着我必须学会快乐。我一度凭直觉懂得快乐，或者以为自己懂得快乐。心中曾一直春意盎然。我的气质与快乐是如鱼得水，生活满满当当的尽是欢娱，就像把酒斟到了杯沿。而今我是从一个全新的立足点来考虑生活，即使是想象一下快乐是什么，常常都极为困难。记得第一个学期在牛津读佩特的《文艺复兴史研究》[56]，那本书对我的生活有着奇特的影响。看到但丁把那些动辄悲悲戚戚的人放在了地狱的下层，就到学院图书馆翻到《神曲》中的那一段，只见在可怕的沼泽地下躺着那些“在甜美的空气中愁眉苦脸”的人,永远是一声一叹地念叨着：

> 那时我们愁眉苦脸
> 而阳光中甜美的空气喜气洋洋。[57]

我知道教会谴责精神上的懒散忧郁，但那时觉得这整个想法真是莫名其妙，就这个罪，我猜想，也是哪个对真实生活一点也不了解的牧师编出来的。我也不明白但丁,为什么既然说了“悲哀让我们与上帝重新结合”[58]，又对那些沉迷于忧伤的人那么狠心，如果真有那样的人的话。当时怎么也想不到，有一天忧伤竟会成为我生活中一个最大的诱惑。

在瓦兹华斯监狱时我真想死。一心想死。在医院里待了两个月后便转到这里，发现自己身体渐渐好转，气得不得了，下决心出狱当天就自杀。过了一阵，心中的这股恶气消了，我决心活下去,但要像君王坐在宝座上那样,坐定愁城,永不再微笑。不管进哪家房子都要让那一家变得像刚死了人似的，不管哪个朋友跟我走在一起都要愁冗冗的举步维艰。要让他们知道悲愁乃生活的真正秘密，要让他们的心因为一份与己无干的悲怆而凋零，要让他们的日子因为我的痛苦而残缺。现在我的感受就大不一样了。我看到，要是自己整天郁郁寡欢地拉长脸，弄得朋友探访时得把脸拉得更长以示同情；或者一招待他们，就请人家坐下来默默地品尝苦涩的药草、火葬场烤出的肉块——要是那样就太忘恩负义，太对不住人家了。我必须学会欢乐，学会快乐。

上两次允许在这里会朋友时，我就尽可能地显得快乐。我显得快乐，以此作为对他们大老远从伦敦来看我的一个小小的回报。我知道，只不过是个小小的回报，但我感到，这肯定是最让他们高兴的回报。我一周前的星期六同罗比会面了一个钟头，努力把相见时的真心欢乐尽情表达出来。这么做，以我在这里为自己酝酿的思想观点看，还是很对的，而入狱以来第一次真心想活下去，对我便是明证。

摆在面前的有这么多事情要做，无论如何也得让我完成一些，否则就此死去，真会是天大的悲剧。我看到了艺术与生活新的发展，而每个发展都是一个新的完美的方式。我渴望活下去，探索这一于我简直就是新天地的世界。你想知道这新的世界是什么吗？我想你也猜得出。就是我一直以来生活的这个世界。

如此说来，悲怆，以及它所教给人的一切，便是我的新世界。我过去曾经只为享乐痛快而活，对种种悲伤和痛苦避而远之。我讨厌这些，下决心尽可能不去理睬，也就是说，把它们当作不完美的方式，不属于我生活架构的一部分，不在我的哲学中有一席之地。我母亲生前能全面理解生活，常常给我引歌德的几句诗——那是卡莱尔在多年前送给她的一本书中写的——我猜也是卡莱尔自己翻译的：

从未就着悲哀吃过面包，
从未在夜半时分饮泣
痛哭着苦等明朝，
就不懂得啊，你在天的神力。[59]

这些诗句，尊贵的普鲁士王后，就是被拿破仑百般苛待的普鲁士王后，在羞辱与流放中曾常常引用。[60]这些诗句，我母亲在晚年的烦恼中常常引用；我却决绝地不承认、不接受其中蕴含的巨大真理。那时还明白不了。记得很清楚，我常常对她说，我不想就着悲哀吃面包，也不想有哪个夜里痛哭着苦等一个更苦的黎明。我根本不知道，那就是命运之神等着我的一个特别安排；的确，我生命中将会有整整一年，过的日子与这没什么两样。但命运就是这么派给我了；最近几个月来，经历了可怕的挣扎与磨难，才读得懂隐含在痛心疾首之后的一些功课。教士们，还有那些用警句却不带智慧的人们，有时把受苦说得很神秘。受苦其实是一种启示，让人明白以前从未明白的事理，让人从一个新的立足点去思考整个历史。关于艺术，过去凭直觉隐隐约约感到的东西，现在以心智和感情领悟了，再清晰不过地洞察了，刻骨铭心地体味了。

我现在看到了，悲怆，这人类所能达致的最高情感，既是一切伟大艺术的典型，也是一切伟大艺术的考验。艺术家一直在寻找的，就是这种灵肉合一而不可分的存在方式：外在为内在的表达，形式为内容的揭示。这种存在的方式为数不少：有一阵，青春和专注于青春的那些艺术可以作为我们的一个典范；换个时候，我们也许会想到现代的风景画艺术，它印象的微妙与敏感，所暗示的一个寓于外在事物中的精神，一个大地与天空、雾霭与城市皆为其外衣的精神，以及它的种种情调、气氛和色彩的不同常态的交汇感应，通过绘画的形象，为我们展现了希腊人如此完美地用雕塑展现的内涵。音乐呢，因为全部主题都吸收在表达之中而不能与之分离，是个复杂的例子；一朵花或一个小孩，则是说明我的意思的简单例子。但是，悲怆乃生活与艺术的终极类型。

欢乐与欢笑背后可能藏着一种性情，一种粗俗、刻薄、冷酷的性情。但悲怆的背后却永远是悲怆。痛苦，不像痛快，是不戴面具的。艺术的真实，不在于本质的意念和偶然的存在之间的任何对应；不是形与影的相似，或者说形式本身同映在水晶中的那个形式的相似；也不是空山回音，或者幽谷中的一汪清水，把月亮倒映给月亮，把水仙倒映给水仙。艺术的真实是事物同其本身的整合，达成的外形表达着内涵，使灵魂获得肉身，使肉体充满精神。基于这个理由，就不存在能与悲怆相提并论的真实。有些时候悲怆似乎是我唯一的真实。其他的可能是眼睛或口腹的幻觉，变出来蒙蔽一个撑坏另一个。但天地万象，是以悲怆建造的，一个孩子、一颗星星的诞生，都伴随着疼痛。

不止于此，关于悲怆，还有一个严酷的、非同一般的现实。我说过我曾是我这个时代艺术与文化的象征。而同我一起待在这不幸的地方的每一个不幸的人，无不象征着生活的真谛。因为生活的真谛即是受苦。藏在万事万物背后的就是这个。涉世之初，甜美的是如此甜美，苦涩的是如此苦涩，我们必然会一心向往欢娱和快乐,追求的不只是“一两个月只吃蜜糖过活”[61]，而是一辈子不尝别的，不知道这么一来，我们可真的让灵魂挨饿了。

记得曾经同我所认识的一个心灵最美好的人[62]谈过这事：是一位女士，在我遭难坐牢的前前后后，她对我的同情和崇高的善心好意非笔墨所能书，非一般人所能及。她真正地帮助了我，虽然她自己并不知道，帮我忍受磨难的重负。天底下再没有谁对我的帮助有她大。而这帮助，凭借的不过是她的存在而已；凭借着她之为她：既是个理想又是个影响，既暗示了人可能达到的境界，又真的扶持你去达到这个境界。她的心灵使空气飘香，能把属于精神的东西变得简单又自然，一如阳光和大海；对于她，美与悲相携而行，传递着同一个信息。眼下我心中所想的这次谈话中，记得清清楚楚，我跟她说了，就伦敦一条小巷里的苦，便足以说明上帝不爱世人，只要什么地方有人悲伤，哪怕不过是一个小孩，在某个小花园里，为自己犯的或不是自己犯的过错而哭泣，造化脸上就整个儿黯然无光了。我那是大错特错。她说了，可我无法相信。我那时还没达到那个境界，能有这样的信仰。现在我似乎看到了，世界之所以悲深苦重，唯一可能的解释是因为某种爱。想不出还有别的什么解释。我信了，没有别的解释。而如果真的像我所说万象是用悲怆建造的，那造出这一切的是爱的双手。因为没有别的什么途径，能让万象为之而设的人的灵魂达到至善至美的境界。痛快享乐，是为了美好的肉体；而痛苦伤心，则是为了美好的灵魂。

当我说我信了这些道理时，口气太大了。远远的，犹如一粒美轮美奂的珍珠，看得见那是上帝的城池。那城是如此美妙，好像一个小孩子在夏日里一天便可以到达似的。小孩子可以。但是我，像我现在这样，就不同了。一个道理，人可以片刻间顿然领悟，但又在沉甸甸地跟在后头的深更半夜里失去。要守住“灵魂所能登上的高峰”[63]，谈何容易。我们思想着的是永恒，但慢慢通过的却是时间。而对铁窗内的我们时间过得有多慢，就不用再说了；也不用再说那爬回监狱牢房、爬进心底牢房的疲惫与绝望。那疲惫与绝望如此奇怪，驱不散，抹不掉，好像只能装点洒扫房屋让它们进来，就像迎接一个不受欢迎的客人、一个厉害的主子，或者一个奴隶，我们是阴差阳错或咎由自取地成了奴下之奴。虽然一时间你可能觉得难以相信，但对于你这依然是千真万确的：自由自在、无所事事、舒舒服服地过着日子，学会谦卑的功课要比我容易，我每天一早就得双膝跪地，擦洗牢房的地板。因为监狱生活那道不尽的艰辛、数不完的条规，使人产生叛逆心理。最可怕的不在于这令人心碎——心生来就是要碎的——而在于这使人心变成石头。有时人会觉得，如果不绷着铁板一样的脸皮，翘着不屑的嘴角，这一天就挨不到黑。而心怀叛逆的人，借用教堂里很喜欢用的一句话说，受不到神的恩典——我敢说，教堂喜欢这句话是很有道理的——因为生活同艺术一样，叛逆的心境使灵魂闭塞，将灵气堵住。然而这功课我要学的话，就必须在这个地方学，而且要是脚踏在正道上，脸朝定那“名叫美的门”[64]，心中就必然会充满喜乐，尽管常常也会在泥淖中失足跌倒，在迷雾中失去方向。

这新生，由于热爱但丁我有时喜欢这么叫它，当然了，绝不是新的生活，它不过是我以往的生活通过发展和进化的延续罢了。记得在牛津时同一个朋友说过——那是个6月的早晨，在我拿到学位之前，我们正沿着莫德林学院那些莺歌燕舞的小路散着步——说我要尝遍世界这个园子里每棵树结的果，说我要心怀这份激情走出校门踏进世界。的的确确，我是这样地走出校门，这样地生活了。我犯的唯一错误，是把自己局限在那些以为是长在园子向阳一面的树当中，避开另一边的幽幽暗影。失败、羞辱、穷困、悲哀、绝望、艰难，甚至眼泪、从痛苦的嘴唇断断续续冒出来的话语、令人如行荆丛的悔恨、良心的谴责、最终要受惩罚的自轻自贱、柴灰蒙头[65]的悲愁、披麻布饮苦胆的悲情——这一切都是我所害怕的。正因为决心不过问这些，后来才被迫一样一样轮番将它们尝遍，被迫以它们为食，真的，有几个月别的什么也吃不上。我一点也不后悔曾经为享乐而活过。我尽情活了个痛快，就像人不管什么都要做个痛快。什么快乐都经历过了。我把灵魂的明珠投进杯中的酒里。我踏着长笛的乐音行在享乐之路上。我过着蜜糖般的日子。但如果继续过着同样的生活就不对了，因为这会限制心性的发展。我只有往前走，园子的另一半同样也有它的秘密留给我。

当然，所有这一切在我的作品中已有先兆，已有预示。有的在《快乐王子》中；有的在《少年国王》[66]中，特别是主教对跪着的男孩说的那一句："难道制造不幸的神，不比你聪明吗？"这话写的时候我以为不过是普通一句话罢了；有很多则隐藏在《道连·格雷》中那像紫线缝金衣般穿过整篇的厄运这一主旨中；在《作为艺术家的批评家》中，这预示又呈现为多种色调；在《人的灵魂》中则写得直截了当、一目了然；在《莎乐美》中，又像副歌的迭句一样，其多次重现的主题使剧本变得像一部音乐作品，把它串成了一首叙事曲；在那首散文诗里，说那个人不得不用铸《快乐如过眼烟云》塑像的青铜去铸《悲怆地久天长》的塑像，这预示就铸成了具象。不可能会是别的了。在一个人的生命中，每时每刻的做人，不但取决于他曾经怎样，也同样取决于他即将怎样。艺术是一个象征，因为人是一个象征。

倘若我能完全达致这一境界，那就是艺术生命的终极感悟。因为艺术生命是简单的自我发展。艺术家的谦卑在于他对所有经验的坦诚接受，正如艺术家的爱无非是那份对美的感受，那份向世界揭示其灵与肉的美感。佩特在他的小说《伊壁鸠鲁信徒马利乌斯》[67]中，想求得艺术生命与宗教生命在深层、美好、严肃意义上的一致。但马利乌斯同一个旁观者相差无几，的确是一个再好不过的旁观者了，天生“以合适的情感观照生活之奇景”，华兹华斯把这点定义为诗人的真正目的。[68]然而他这个旁观者只不过，或者太过于注重神殿的器皿是否好看得体，因而未能注意到他所注目的乃是悲怆之神殿。

我看到了，真正的基督生命和真正的艺术家生命之间，有一个亲密直接得多的联系。令我大为高兴的是，回想起在悲怆占据我的日日夜夜、使我身心俱裂之前，我早就在《人的灵魂》中写道，一个人必须完全是、绝对是他自己，才会过基督那样的生活，而我引为典型的，不但有山坡上的牧羊人、牢里的囚徒，还有画家，对于他们世界是一幅美景，还有诗人，对于他们世界是一首歌。记得有一次跟安德烈·纪德在巴黎的一家咖啡馆里，我对他说过，对形而上学我少有兴趣，对道德伦理则一点也没有，然而不管是柏拉图还是耶稣基督，他们所说的无不能直接移植到艺术领域，并在此获得圆满的实现。这一条概括既新颖又深刻。

在基督身上还看得到个性与完美那种紧密的结合，这结合形成了古典和浪漫艺术的真正区别，也使得基督成为生活中浪漫运动的真正先驱；还看得到基督天性的根本基础与艺术家的完全一样，是一种热烈奔放、火一样的想象力。他在人类关系的整个领域中实现了那种由想象引发的同情，而这在艺术领域中又是创作的唯一奥秘。他理解麻风病人的痛苦，失明之人的黑暗，为享乐而活者的巨大悲哀，富人不可思议的贫乏。现在你明白了吧——难道还不明白吗？——在我病痛之中你写信给我说，“你像尊偶像，没了底座就没意思了。下次你要是病了我马上走开”，这样做距离真正艺术家的气质，同距离马修·阿诺德所称的“耶稣的真谛”[69]一样遥远。无论艺术家的气质还是耶稣的真谛，都会教你怎样对别人的遭遇感同身受。你如果需要一句座右铭好晨昏温习，好读着痛快或痛苦，那就把这一句写在你家墙壁上，让它日沐阳光夜被月华吧：“对别人的遭遇感同身受。”要是有人问起这样一句座右铭意味着什么，你就回答说，它意味着“主耶稣的心肠和莎士比亚的头脑”。

基督的确是诗人的同道。他整个的人性观念，都是出自想象，也只有通过想象才能领悟。人之于基督，一如上帝之于泛神论者。把分成各种各类的人视为整体，他是第一人。在他到来之前，有诸多的神和各样的人。唯有他，看到在生活的座座山峦上只有一个上帝和一样人，而且借助同情的玄妙，使两者都通过他道成肉身，并依心情而定，称自己为神之子，或人之子。历史上没有谁能像他那样唤醒我们心中那种永远为罗曼司所激动的奇妙气质。我仍然觉得其中有些事几乎难以置信：一个年轻的加利利农夫想象他能双肩担起整个世界的重负——一切犯过的罪、受过的苦，一切要犯还未犯的罪、要受还未受的苦；尼禄的罪过、教皇亚历山大六世的罪过、其私生子泽扎·博尔吉亚的罪过、那个身兼罗马皇帝和太阳神祭司的人的罪过[70]；那些名字叫“群”，住在坟茔里的人所受的苦[71]；那些受压迫的民族、工厂的童工、盗贼、囚犯、流浪汉；那些无言地受着压迫，他们的沉默只有上帝听到的人——这些何止是想象，而是真的做到了。所以，现在任何人与他的人格交通，即使没向他的圣坛鞠躬、没向他的牧师下跪，也会神奇地感到他们的罪孽褪去了丑陋，他们的悲怆显出了美。

我说了他与诗人同道。这是真的。雪莱和索福克勒斯即是他的伙伴。但他的整个生命也是诗中最美妙的一首。就“怜悯与恐惧”[72]而言，倾所有古希腊悲剧也不可望其项背。主人公绝对纯洁的形象，使整个情节上升到一个浪漫艺术的高度。这一高度，底比斯或珀罗普斯家族[73]所遭受的苦难，恰恰因为其情节的恐怖而无法达到。主人公的纯洁也说明亚里士多德的话大错特错，他在阐述戏剧的论著中说，看到一个毫无过失的人痛苦是不可忍受的。[74]同样地，在埃斯库罗斯和但丁这两个严格对待温情的大师笔下，在莎士比亚这一最具人情味的艺术大师笔下，在凯尔特人全部那些以泪眼看世界之美好、将人生视为一朵花的神话传奇中，也找不到什么，能在悲情的朴实与悲剧效果的崇高融为一体这一点上，同耶稣受难中哪怕最后的一幕相提并论。那顿小小的晚餐他与同伴们共进，其中有一人已经将他索价卖掉了；月光中，橄榄园里静悄悄的是一片痛苦，那假朋友走上前，要用一个吻将他的身份暴露；那个还信着他的朋友，他像倚靠磐石一样本想倚重这朋友来建起一所供世人避难的房子，在黎明鸡叫前不认他；他本人孑然一身的孤独，那样的温良谦恭，那样的逆来顺受；与此同时，还有那一幕幕情境，如大祭司怒撕衣服，巡抚要水、无济于事地想洗去手上那使他成为历史罪人的义人之血；那悲怆的加冕典礼，有史以来最奇妙的一个情景；将这无辜之人在他母亲和他所爱的信徒面前钉上十字架；兵丁赌博，为分他的衣服拈阄；通过这惨烈的死，他给世界留下最永恒的象征；而他最终葬在富人的坟里，身体裹着埃及的细麻布加贵重的香料，宛如王子一般——这一切，单从艺术的角度来观照，也使人不得不心怀感激，感激教会的至高职能成了即使是上演这出悲剧，不必流血，也不借助对话、服装及手势等带神秘感的表现，来演出她的救主最后的受难历程；而我呢，一想到那在别的艺术中失传的古希腊合唱，最终在做弥撒时以赞礼人对神父的应答中保存了下来，喜乐和敬畏之情总是油然而生。

然而基督的整个生命——这生命可以如此完满地在意义和表现上将悲与美合而为一——真的是一首田园牧歌，尽管在结尾时殿里的幔子裂为两半，遍地都黑暗了，石头滚到墓穴前。人们总是把他看作一位同友伴们相聚的年轻新郎，确实就像他自己在什么地方说的；或者是一个徜徉在山谷里的牧人，同他的羊群一道找寻绿草和甘泉；或者是一名歌者，要用歌声为上帝的城筑起城墙；或者是一个大爱之人，他的爱整个世界也装不下。对于我，他的神迹煦煦如冬去春来般顺心应时。我看一点也不难相信，这就是他人格的魅力：他一出现，就足以让在痛苦中煎熬的灵魂获得安宁；摸一下他的手或衣服，便能把痛楚忘却；他在生活之路上行过，那些对生活的玄妙视而不见的人便心明眼亮，而那些两耳充斥着享乐的靡靡之音的人，便第一次听到爱的声音，觉得那声音如“阿波罗的琴声般悦耳”[75]；他走来，罪恶的情欲便遁逃无影，而那些生活暗淡想象力阙如的人们，便像死而复生一样，从坟墓中随他的召唤站立起来；

他在山边讲道，众人听着便忘了饥渴和尘世的纷扰；他坐在餐桌边，聆听他教诲的朋友们便觉得粗茶淡饭也成了美味佳肴，白水喝着犹如美酒，整个屋子弥漫着甘松油的甜香。

勒南写了《耶稣的一生》——那部优美的第五福音书，或者可称之为《托马斯福音》——他在书中某处说了，耶稣伟大的成就，在于使自己死后如同生前一样受人爱戴。[76] 当然，倘若他是诗人的同道，那更是天下有爱心之人的魁首。他看到，爱就是世界失去的那个真意，贤哲在寻找的那个真意；他看到，只有通过爱，一个人才能到达麻风病人心间，或上帝跟前。

而最重要的是，基督是个最高超的自为主义者。谦卑，就像艺术接受一切经验一样，不过是一个表现的方式而已。基督一直在找寻的是人的灵魂。他把这称作“上帝的国度”，在每个人心中都有的。他把这比作小东西，一小粒种子、一小团酵母、一颗珍珠。这是因为，只有摆脱了所有与之不合的情欲、所有习得的文化、所有的身外之物，不管是好是坏，然后人才能领悟自己的灵魂。

碰到大小事情，我因为意志上有些顽梗，加上天性中的不少叛逆，向来是咬咬牙挺住，直到在世界上除了西里尔，我一无所有。名声、地位、幸福、自由、财富，全失去了，人成了阶下囚、穷光蛋。但我还是有一样美好的东西，我自己的大儿子。突然间他又被法庭判走了。这个打击令我毛骨悚然，不知该怎样才好，于是跪在地上，低下头，哭着说：“孩子的身躯有如主的身躯，可我两样都不配得到。”这一刻似乎救了我。我当下明白，唯一能做的只有接受一切。从那以后——你听了无疑会觉得奇怪——我心情便高兴了一些。

我所触及的，当然是自己灵魂最深处的本质。我曾多方与它为敌，没想到它却像朋友一样等着我。当人同灵魂相交时，就变得像小孩一样单纯，正如基督所要的那样。可悲的是，能在死前“拥有自己灵魂”[77]的人，又有几个？“任何人当中，”爱默生说过，“最难得的莫过于出自本人的行为。”[78]这话还真不假。大多数人都是别人的人。他们的思想是别人的想法，他们的生活是对别人的模仿，他们的激情是袭人牙慧的情感。基督不仅是个最高超的自为主义者，他也是历史上的第一个。人们想把他说成是个一般的慈善家，就像十九世纪那些个窝囊的慈善家；要不就说他是个利他主义者，等同于那些不讲科学又自作多情的人们。但说实在的，他既不是这个也不是那个。恻隐之心他当然有，他可怜穷人、关在牢里的犯人、下等人、受苦受难的人，但更多得多的是可怜富人、死心塌地的享乐主义者、那些浪费自己的自由而沦为物的奴隶的人、那些身穿绫罗绸缎住着王宫侯宅的人。对于他，财富和享乐比起贫穷和悲哀来，似乎真正是更大的悲剧。至于说利他主义，有谁比他知道得更清楚，左右我们的，是神召而非心愿，在荆棘中采不来葡萄，在蓟丛中摘不到无花果？

为别人而活，作为一个确定的自我意识的目的，这不是他的教义。这不是他教义的基础。他说“饶恕你的敌人”[79]，但这不是因为你敌人的缘故，而是为了你本人他才这么说的，还因为爱比恨美。他恳求那个他看了喜欢的年轻人，“去变卖你所有的，分给穷人”[80]。这时他心中想的并非穷人的处境，而是那年轻人的灵魂，那个正被财富糟蹋的可爱的灵魂。他的人生观与艺术家无异；这样的艺术家明白，遵循自我完善的必然法则，诗人非唱不可，雕塑家非用青铜思考不可，画家非以世界为他心绪的镜子不可。这道理千真万确，就像春天里山楂树必得开花，秋天里麦子必得金黄一样，就像月亮有条不紊地漫游天庭一样，一时如盘，一时如钩。

虽然基督并没有对世人说，“为别人而活”，他却指出了他人的生命和自己的生命，其间一点差别也没有。这样一来，他给了人一个外延了的、巨大的人格。自从他来后，每一个各各分离的个人的历史，就是或者说就能够成为世界的历史。当然文化强化了人的人格。艺术使得我们心有千千重。有艺术气质的和但丁一道去流放[81]，去了解他人的艰辛，去明白他们的困苦——他们有一阵领略到歌德的宁静与从容，然而心里对波德莱尔为什么会向上帝呼告又太清楚了：

啊，主啊，给我力量和勇气吧
让我看着自己的身体和内心而不厌恶。[82]

他们也许是自作自受吧，从莎士比亚的商籁诗中得出他爱的真意，并把它变为己有；他们以新的目光看待现代生活，就因为自己听过了肖邦的一首夜曲；他们或者摆弄古希腊的东西，或者阅读某个死去的男人对某个死去的女人爱得神魂颠倒的故事，那女人发如金丝嘴似石榴[83]。但艺术气质必定是与已然表达的产生共鸣。通过言语或色彩、音乐或大理石，在埃斯库罗斯[84]戏剧的彩画面具背后，在某个西西里岛牧人的芦笛声中，人以及人的信息必定已经被揭示过了。

对艺术家来说，表达是他得以体察生活的唯一方式。对于他，没有声音就等于没有生命。但是对于基督，情况就不是这样。靠着那令人肃然起敬的想象力，其宽宏其神妙，他把整个说不出话的世界、无声的痛苦世界，当作他的国度，使自己成为它永恒的喉舌。我提到过的那些人，那些无言地受着压迫，“沉默只有上帝听到的人”，他认他们为兄弟。他尽力要成为盲者的眼睛、聋者的耳朵、口舌被困者的一声呼喊。他期望的就是为有口无言的芸芸众生当一把号角，他们好向上天呼唤。靠着他那份艺术的天性——一个人具备了这天性，悲怆和受苦就成了实现自己对美的观念的方式——他感觉到一个理念，要是没道成肉身化作形象，便没有价值，于是就让自己化成了悲怆之人的形象。正因为此，艺术为之倾倒，尊他为上，而纵观希腊诸神，哪个也没能如此独领风骚过。

因为希腊的神祇，尽管他们有着好看伶俐的四肢，红白光鲜，却不见得真有外表那么堂皇。阿波罗曲线型的前额，就像拂晓时分在山顶刚探出来的半轮红日，他的双脚像黎明的双翼，但他却对长笛对手玛耳绪阿斯[85]心狠手辣，剥了他的皮，还杀死了尼俄柏[86]所有的子女；那个别名叫帕拉斯的雅典娜，她钢盾般的双眼里却不见对阿剌克涅[87]的怜悯；赫拉除了她的派头和孔雀外，没多少高贵可言[88]；而众神之父本人，却对人间女子太过钟情了。希腊神话中深具暗示意义的有两个人物，对宗教来说是大地女神德美特[89]，她不是奥林匹斯山诸神的一员；对艺术来说是狄俄倪索斯[90]，一名民间凡妇的儿子，他出世之时成了自己母亲去世之日。

可是生活本身却从最卑下的底层产生了一个人物，远比普洛塞庇娜的母亲还有塞墨勒的儿子[91]更令人可敬可叹。拿撒勒的木匠铺里出了个人，他比任何神话或传奇中的人物伟大不知有多少倍。够奇怪的是，他命定要向世界揭示葡萄酒的奥秘、百合花的真美，而喀泰戎山或恩那草地[92]上的那些人，谁也办不到。

以赛亚的诗“他被藐视，被人厌弃，多受痛苦，常经忧患。他被藐视，好像被人掩面不看的一样”[93]，对于他这就像自己一生的预示，而这预言也在他身上实现了。这句话我们绝不应该害怕。每一件艺术品都是一个预言的实现，因为每一件艺术品都是理念向形象的转化。人类的每一分子都应该成为一个预言的实现，因为每一个人，无论是在上帝还是在人的心中，都应该是某个理想的实现。基督找到了预示，并成就了它；一个维吉尔诗人的梦，不管是在耶路撒冷还是在巴比伦，历经几个世纪漫长的演进，在世人等待着的耶稣身上道成肉身。[94]“他的面貌比别人憔悴，他的形容比世人枯槁”[95]，这是以赛亚注意到的一些迹象，用来辨别这新的理想。只要艺术一明白其中意义，便在那个前所未有地彰显了艺术之真谛的人跟前，绽开如花。难道不像我所说的吗，艺术的真谛即是“外形表达着内涵；使灵魂获得肉身，使肉体充满精神；以形式揭示内容”？

对于我，历史上最令人遗憾的一件事是，基督本身的复兴，既然产生了沙特尔城的大教堂、亚瑟王记的传奇、阿西西城的圣方济各的生平、乔托的艺术、但丁的《神曲》，却不让按其自身的主线发展，反而被无聊的古典复兴打断了、破坏了。这古典复兴给我们留下了彼特拉克的商籁诗体、拉斐尔的壁画、帕拉第奥的建筑风格、重形式的法国悲剧、圣保罗大教堂、蒲伯的诗，以及各种来自外部、靠死的规则形成的东西，而不是通过某种精神的点化从内部跃然而出。但是不管何时何地，只要艺术上出现浪漫主义运动，不知为什么就有基督，或者基督的灵魂，以某种形式出现。在《罗密欧与朱丽叶》中，在《冬天的童话》中，在普罗旺斯人的诗中，在柯尔律治的《古舟子咏》中，在济慈的《无情妖女》中，在查特顿的《仁爱之歌》中。

拜他之赐，世上才有如此丰繁的人和物。雨果的《悲惨世界》，波德莱尔的《恶之花》，俄罗斯小说中的哀怜情调，伯恩-

琼斯和莫理斯的着色玻璃窗、挂毡及其十五世纪风格的作品，魏尔伦和他的诗歌，这一切，都是属于他的，一如乔托的塔、亚瑟王的妻子和她的情人兰斯洛特、汤豪泽、米开朗琪罗那不安的浪漫主义雕像、尖顶建筑风格，[96]以及对儿童和花的钟爱——因为对儿童和花，古典艺术的确没留出什么地方，足以让他们成长玩耍，但是自十二世纪至今，他们则不断地以不同方式于不同时候在艺术中出现，说来就来说走就走，完全是一派孩童与鲜花的样子：春天给人的印象，永远是花好像躲在了什么地方，又怕大人找他们不着，烦了，不找了，赶紧冒出来跑到太阳底下；而一个小孩子的生活，简直就像个四月天，又是阳光又是雨地洒在水仙花上。

正是基督本人天性中那富有想象力的气质，使他成为这生气勃勃的罗曼司中心。诗剧和歌谣中奇特的人物是别人的想象造出来的，但拿撒勒的耶稣创造自己，凭的全是自己的想象。以赛亚的呼唤同他的降世，其间的关系就像夜莺的歌声同月亮的升起，两者相差不多——不多，虽然也许也不少。他既是对预言的确认，也是对预言的否认。因为他每成就一个期望，便摧毁了另一个。所有的美，培根说了，都存在着“某种比例上的奇特之处”[97]；至于那些生就这种精神，也就是说，那些同他一样具有勃勃生机的人，基督说，他们就像风“随着意思吹，你听见风的响声，却不晓得它从哪里来，往哪里去”[98]。这就是为什么他那么让艺术家着迷。他具备了生活所有的色调：神秘、奇特、悲情、暗示、狂喜、挚爱。他打动人的惊叹之心，并营造出这样一种情调，只有借助这情调才能理解他。

我很高兴地想到，假如他是“集想象之大成者”[99]，那世界本身也是如此。我在《道连·格雷》[100]中说过，天下的大罪大恶产生于头脑，但世上的一切都是在头脑中产生的。现在知道，我们并不是用眼睛看，用耳朵听。眼睛耳朵不过是传递感官印象的通道而已，传递得充分不充分另当别论。是在头脑里罂粟花红了，苹果香了，云雀唱了。

近来我下了点功夫钻研了关于基督的那四部散文诗。圣诞节时想法弄到了一本希腊语的《新约》，每天早晨洗好牢房刷好盆罐，就读一点《福音书》，随手翻他十几节读读。这样来开始一天是很愉快的。对于你，在那纷纷攘攘、没有节制的生活中，要能这么做那简直是天大的一件事。那对你可是有说不完的好处，而希腊语也挺简单的。一年到头没完没了的重复，已经败坏了我们对《福音书》那份率真、清新，那份朴实无华的浪漫神韵的感受。我们听别人读太多太多遍了，读得也太糟太糟了，而所有的重复都是反精神的。当你回到希腊文本时，感觉就像从一所窄狭黑暗的房子里走进一个百合花花园似的。

对于我，这愉悦又是双份的，因为心想极有可能我们读到基督所用的原话，他的 *ipsissima verba*[101]。从来都以为基督说的是阿拉姆语，就连勒南也这样想。可现在我们知道，加利利的农民，就像我们现在的爱尔兰农民一样，是操双语的，而那希腊语又是整个巴勒斯坦的一般交际语言，的确就像在整个东部地区那样。我向来就不喜欢那个观念，认为只能通过翻译的翻译来知道基督自己的话语。令我高兴的是，就他的谈话而言，查密迪斯[102]也许听过他的话，苏格拉底同他理论过，柏拉图明白了他的话；他也当真用希腊语说过“我是好牧人”[103]；当他想到野地里的百合花，它们不劳苦也不纺线，千真万确地用希腊语说了“你想野地里的百合花，怎么长起来，他也不劳苦，也不纺线”[104]；而当他最后一句话喊出“我的生命完成了，成就了，圆满了”，这时用的确实就是约翰告诉我们的：τετέλεσται——“成了”[105]，没多话。

在读《福音书》时——尤其是圣约翰本人的福音，或者不管是哪个早期诺斯替教徒承他的名义和衣钵所作的——我看到了书中不断在强调，想象是一切精神和物质生活的基础，也看到了对基督来说，想象简直就是爱的一个形式，而爱又是主的全部意义所在。大概六周前医生允许我吃白面包，而不是通常监狱伙食那粗糙的黑或半黑面包。真是可口美味。你听着会奇怪，怎么可能干巴巴的面包也有人当成美味佳肴。我郑重地告诉你，对我是这样的美味可口，每顿饭吃完了，要是盘里还留一点面包屑，或者权当桌布的粗毛巾上掉了一点，我都会认认真真地吃干净，而且不是因为肚子饿——我现在饭食足够——只是因为给的东西我一点也不愿浪费。人当以此心向着爱。

基督就像所有个性迷人的人物那样，不但自己有能力讲出美好的道理，也能叫别人对他讲出美好的道理。我喜欢圣马可讲的那个希腊妇人的故事。为了考验她的信念，基督对她说不能把以色列孩子们的面包给她，她听了回答说小狗——照希腊文应该译为“小狗”的——在桌子底下，吃孩子们丢下的碎渣儿呢。[106] 大部分人活着是为了爱和赞美。但我们应该是凭借爱和赞美活着。[107] 假如有任何爱向我们显露了，我们应该认识到这爱自己是很不配的。没有谁配得到爱。上帝爱世人，这一事实显示，在神定下的事物的理想法则中，写明了要把永恒的爱给予那些永远不配的人。倘若那话你不高兴听，那就这么说吧，每个人都配得到爱，除了那些自认为配得到爱的人。爱是神圣的，必须双膝跪接，承受的人嘴里和心里都要默念“主啊，我不配”[108]。我希望你有时会想想这一点。你太需要了。

如果我真的重新提笔，指的是艺术创作，那只有两个主题我希望提出自己的看法并通过它们来表达自己：一个是“基督乃生活中浪漫主义运动的先驱”；另一个是“艺术生命与为人处世的关系”。第一个，当然了，很是引人入胜，因为我在基督身上不单看到了浪漫主义最高楷模不可或缺的精要，还看到了浪漫气质所有随机的，甚至是率性的成分。他是天下第一人，要大家过“花一样的”[109] 生活。他让这句话成为定论。他把儿童作为人们学习的楷模，把儿童树立为长辈的榜样。我本人一向都认为这是儿童的首要作用，如果完美的事物也应该有点用的话。但丁把人的灵魂描写为“像个小孩一样又哭又笑的”从上帝手中出来，而基督也认为每个人的灵魂应该“像个小小女孩，躺在地上又哭又笑”[110]。他感到生活是变化的、流动的、积极的，让它僵化成为任何形式都意味着死亡。他说人不该太过执着于物质的、世俗的利益，能变得不实际是了不起的事，不要太汲汲于大小事务。“鸟都不用操心，何况人呢？”他说得真好，“不要为明天忧虑。灵魂不胜于饮食么？身体不胜于衣裳么？”[111]希腊人也许会说这后一句，那句充满了希腊感。但只有基督才会两句都说，替我们把生活总结得如此一丝不差。

他的道德完全是同情，道德就应该这样。即使他说过的话中只有一句“她许多的罪都赦免了，因为她的爱多”[112]，此言既出，一死无憾。他的公义完全是扬善惩恶，公义就应该这样。乞丐进天堂因为他苦。[113]我再也想不出更好的理由，来解释乞丐为什么被送进了天堂。凉爽的傍晚时分在葡萄园里干一个钟头的人，同大太阳底下干了一整天的人，所得报酬一样。[114]为什么不能这样呢？大概谁也不配得到什么。也许他们是不同的人吧。基督才不耐烦去同那些机械呆板、了无生气的体系周旋呢，这种体系把人当作物，拿谁都一样不当人看——好像不管是什么人，也不管是什么东西，在世界上都是一回事。在他看来没有法则，只有例外。

浪漫主义艺术的根本主旨，对于他正是真实生活的基础。在他看来没有别的基础。有人犯罪被当场逮着，带到了他跟前，人们指给他看律法上写明的她该得的刑罚，问他该怎么处置，他用手指在地上画字，好像没听到他们的话似的。人们一再地催问，他才抬起头来说："你们中间谁是没有罪的，谁就可以先拿石头打她。"[115] 此言既出，一生无憾。

同一切有诗情的灵性一样，他爱无知的人。他知道，在一个无知的人的灵魂里，总是有地方容纳伟大的理念。但是他受不了愚蠢的人，尤其是那些被教育弄愚蠢了的人——那些一肚子意见可自己一条也不懂得的人，一个乖戾的现代类型，用基督的话概括，就是他说的那类人，手里拿着知识的钥匙，自己不知道怎么用，又不让别人用，尽管这钥匙可以用来开启上帝国度的大门。他首要的敌人是平庸的非利士人。这种人是每一个光明之子都得讨伐的。平庸是他生活的那个时代和社会的特征。那种孤陋寡闻、装腔作势，那种讨厌的正统规范、庸俗的好大喜功、忘乎所以地耽迷于物质生活、可笑地自视甚高，凡此种种，都使基督时代耶路撒冷的犹太人同我们英国自己出的庸人市侩[116]如出一辙。基督挖苦那装腔作势为"粉饰的坟墓"[117]，这话遂成了千古定评。他视功名如粪土，视财富为拖累。他不愿听到生活成为哪个思想或道德体系的牺牲品。他指出，形式和礼仪是为人而设的，而不是人为形式和礼仪而生。他认为守安息日之类的作为算不了什么。冷冰冰的慈善捐输、招摇过市的当众施舍、让中产阶级推崇备至的繁文缛节，这些东西他嗤之以鼻，毫不留情地加以指斥。对于我们，所谓的正统不过是一种随便的不聪不明的默认，可在他们眼里，到了他们手上，就成了可怕的、令人不知所措的暴政。基督将它扫在一边，显明了有价值的只是精神。他乐得向那些人指出，虽然他们老是读《法律书》与《预言书》，却丝毫不懂这两者的意义。他们把每一天的十分之一交出来，按部就班地执行派定的事务，就像把薄荷和芸香献上十分之一那样[118]；与此恰恰相反，基督宣讲的是完完全全为眼前一刻而活的无比重要性。

他从罪恶中救出来的那些人之所以得救，完全是因为他们生活中那些个美好的时刻。马利亚看到耶稣时，就打破她七个情人中的一个送给她的玉瓶，将香膏抹在他跋涉劳顿、满是灰尘的脚上。就因为这一刻的缘故，她得以永远与路得和贝雅特丽齐一同坐在天堂雪白的玫瑰中。[119]基督带点警告说给我们听的，全部就是每时每刻都得是美好的，灵魂要时刻准备好迎接基督如新郎般到来，时刻等待着那大爱之人的声音。平庸说穿了就是人性中不为想象照亮的那一边，基督把生活中一切好的影响都看作各种方式的光：想象本身即是世界之光，世界就是用它造成的，可又理解不了它。这是因为想象说到底就是爱的一种表现，而正是爱，是爱心的大小，把世人一个个区别开来。

但是，在跟罪人打交道时他才显得最浪漫，也就是说最为真实。世人都爱圣人，以此作为接近上帝至善至美的最快捷方式。而基督呢，因为内心某种神性的本能，却似乎向来喜爱罪人，以此作为接近人的至善至美的最快捷方式。他最根本的意愿，不在于改造世人，就像不在于解除痛苦。把一个有趣的盗贼变成一个乏味的君子可不是他的目的。“囚犯救援会”[120]之类的现代运动，要是在耶稣看来就算不了什么。把一个税吏转化成一个道学先生[121]，在他看来怎么也算不上是大功德。但他却以一种尚未被世人理解的方式，把犯罪与受罪都视为本身是美好、神圣的东西，视为达到至善至美的方式。这理念听起来非常危险。是很危险的。一切伟大的理念都是危险的。它是基督的教义，这一点不容置疑。它是天下真正的教义，这一点我本人不怀疑。

当然，罪人必须悔改。可为什么呢？只因为不这样他无从领悟自己干下了什么。悔改的一刻便是新生的开始。不只这样。它是一个人改变自己的过去的手段。希腊人认为这是不可能的。他们的格言里常常说：“即使众神也无法改变过去。”[122]基督却显明了这连最下贱的罪人都办得到。这就是他们能做的一件事。要是有人问他，基督会说——我很肯定他会说的——当浪子下跪痛哭时，他这真的是让自己那为妓女散尽钱财、放猪而与猪争吃豆荚的作为，成为自己生活中美好神圣的往事。[123]大多数人很难理解这一点。我敢说要进了监狱才能理解。果真这样的话，那监狱就值得一进了。

基督很有他独一无二之处。当然，在拂晓前会出现虚幻的假曙光，冬日里也不时地会冒出片片阳光，使聪明的藏红花受骗，时候未到便把金蕾吐尽，使傻小鸟上当，呼唤伴侣在秃枝上筑巢；同样，在基督之前也有基督徒的。对此我们应当心存感激。不幸的是，自他之后基督徒便一个也没有了。我说有一个例外，就是阿西西的圣方济各。但上帝在他出生时又给了他诗人的灵魂，而他本人很年轻时也在神秘的联姻中娶了贫穷为妻；有着诗人的灵魂和乞丐的躯体，他觉得通往至善至美的路并不难走。他理解基督，于是就变得像他了。并不需要《认证书》[124]来告诉我们圣方济各的生平是真正的"效法基督"[125]：同这诗一般的生平相比，具认证之名的那本书不过是平淡的散文而已。的确，这说到底是基督的魅力所在。他本人就像是件艺术品。他用不着真的教人什么，人只要带到他跟前就有所成了。而每个人命中都注定要被带到他跟前的，一生中至少有一次要与基督同行到以马忤斯村。[126]

至于另一个主题，即艺术生命与为人处世的关系，无疑你听了会觉得奇怪，我怎么会选这个主题。人们指着雷丁监狱说："艺术生命就把人带到这等地方。"嗯，还可能带到更糟糕的地方去呢。对头脑较机械的人，生活是精明的算计，靠的是对各种利害得失的仔细计算，他们总是明白要去的地方，并朝那里走去。要是初衷是当个教区执事，那不管他们处身什么地位，成功当上教区执事就是。如果一个人的意愿是成为一个自己本身以外的什么，比如当个议员、生意发达的杂货商、出名的律师、法官，或者同样无聊乏味的什么，总是能如愿以偿的。这就是他的惩罚。想要假面具的人就得戴上它。

但是生命里各种生机勃勃的活力，那些成为这些活力的化身的人，就不同了。那些意愿只在自我实现的人，是从来不知道自己在往哪儿去的。他们无从知道。当然，在某个意义上说，就像古希腊的神谕所称的，有必要了解自己[127]。这是第一步知识。但是认识到一个人的灵魂是不可知的，则是终极智慧。最终的秘密是人自己。即使称出了太阳的轻重，量出了月亮的圆缺，一颗星不漏地标出了九天的星图，还剩下个自己呢。谁算得出自己灵魂的轨道呢？基士的儿子出去为父亲找驴时，并不知道有个叫耶和华的人正拿着加冕的膏在等他，而他的灵魂已经成了王者的灵魂。[128]

我希望有生之年能写出这类作品，这样在生命的最后时刻就能够说，“是的，这正是艺术生命把人带到的地方”。在我本人经验中所碰到的两个最为完美的生命，是魏尔伦和克鲁泡特金亲王[129]，两个都是在监狱中度过许多年头的人了。第一位是自但丁之后仅有的基督诗人，另一位具有似乎是出自俄罗斯的那种美好的白人基督之魂。而最近七八个月来，尽管外界几乎不断地给我带来很大的烦恼，我却因为人和事的缘故新认识了一个在这监狱工作的人，与他直接交往对我的帮助之大，难以用语言表达。因此，虽然在囚禁的第一年里，我什么事都没做，也记得是什么事都没做，整天只是在无奈的绝望中绞着双手，口里说着“完了！全完了！”，可现在我尽量要对自己说，而且在不那么自我折磨的时候还当真诚心诚意地说了：“重新开始！好好地重新开始！”也许真是这样。也许真会这样。果真这样的话，那么对这一个在这种地方改变了每一个人生活的新来的好人，我欠下他太多了。

事物本身算不了什么，的确——这一次就谢谢形而上学教给我们的道理吧——事物本身并没有真实的存在。只有精神才是重要的。实施惩罚的方式可以使惩罚治愈而非制造创伤，正如施舍的方式可以让面包在施舍者手中变成石头那样。这一变有多大啊——变的不是规则，因为规则是铁定的，而是通过规则所表达的精神——我给你说了你就明白，假如我在去年 5 月获释，本想争取这样的，那离开时便会对这里以及这里的每一个官员破口大骂，那份刻骨仇恨将毒化我的一生。我又多关了一年，但这一年里，人道精神陪伴着狱中的每一个人。现在获释，我将永远记住在这儿受到的几乎是来自每个人的善待，出狱那天将向许多人道谢，也请他们同样把我记住。

监狱这一套是大错特错了。出去后将尽我所能来想法改变它。我要试试。但是天下事不管错有多大，凭着人道的精神，也就是爱的精神、不在教堂里的基督的精神，都可以使它即便不能改正，至少也能叫人在身受时不会太咬牙切齿。

我也知道，外面有许多非常令人愉快的东西在等着我，从阿西西的圣方济各所说的“风兄弟”和“雨姐妹”，他们的种种可爱之处，直到商店的橱窗和大城市的日落。要是把还属于我的东西列成表，还真不知道要到哪儿才算完呢：真的，上帝造给我的世界同任何人的一样丰富。也许我出去时会带着以前没有过的什么。用不着对你说了，道德的改造对于我同神学的改造一样无聊庸俗。但是，虽说提出要做一个更好的人是句不科学的空话，成为一个更深刻的人，则是受过苦的那些人的特权。我想我是变深刻了。这你可以自行判断。

假如出去后，哪位朋友设宴而不请我，我一点也不会介意。一个人我就可以快乐无边了。有了自由、书籍、鲜花，还有月亮，谁能不快乐呢？而且，宴饮也不再是我所喜欢的了。餐宴我举行过太多已经不为所动了。那方面的生活已经与我无关，我敢说这是非常幸运的。但如果出去后，哪位朋友有了哀痛而不让我与他分担，那我就太难受了。如果他把我关在居丧之屋外头，那我会一次又一次地回去，求他放我进门，好分担我有权分担的。如果他认为我不配，不配与他同哭，那我会觉得这是奇耻大辱，再没有比这更可怕的羞辱了。但这是不可能的。我有权分担悲哀。能看着世界的可爱，又同时分担它的悲哀，并领悟两者的奇妙，这样的人已是直通神性，与上帝的真意再接近不过了。

也许会有一种更为深刻的意旨，就像进入我的生命那样进入我的艺术，体现出更为宏大和谐的激情，更为磊落率真的冲动。不是广度而是烈度，才是现代艺术的真正目的所在。我们的艺术不再关注典型，我们要的是例外。我无法把所受的种种苦放进它们过去的任何形式中，这一点简直不用说了。模仿的结束才是艺术的开始。但必须有某种东西进入我的作品，也许是更完满的语言和谐，更丰富的节奏，更奇特的色彩效果，更简约的结构层次，不管怎么说是某种美学的素质。

希腊人说，当玛耳绪阿斯——用但丁的一句最令人心悸、最有塔西佗[130]味的话来讲——“四肢从皮囊里剥出来后”，便没了歌声。阿波罗胜了。里拉琴征服了芦笛。但希腊人也许错了。我在许多现代艺术中听到了玛耳绪阿斯的呼号。那呼号在波德莱尔的诗中是苦涩的，在拉马丁[131]的诗中是甜美而忧伤的，在魏尔伦的诗中是神秘的。在肖邦乐曲那延迟的解决和弦中听得见。在伯恩-琼斯[132]画作的妇女形象中，在不断重现的脸上那挥之不去的不满表情中看得见。即使是马修·阿诺德，他笔下的卡利克斯[133]的歌以如此明快的抒情之美诉说了“甜美动人的里拉琴凯旋”，以及那“著名的最后胜利”[134]——即使是马修·阿诺德，他诗句中萦绕不去的困惑和苦恼这一不安的底蕴，也传出了不少玛耳绪阿斯的呼号。歌德和华兹华斯都无法为他排遣，尽管他先后追随了这两人，而当他要哀悼“色希斯”或者歌唱“吉卜赛学者”[135]时，拿起来演奏他的旋律的便只有芦笛了。但是，不管那位古国弗里吉亚的半人半羊之神[136]沉默与否，我是沉默不了的。我需要表达，就像那几棵黑沉沉伸过监狱高墙、在风中摇曳不安的树需要叶子和花朵一样。在我的艺术和世界之间，现在有着一道深深的鸿沟，但在艺术和我之间，却没有。至少是希望没有。

派给每个人的命运是不同的。自由、享福、愉快、安逸的生活是分给你的，而你却不配。分给我的是当众羞辱、长期监禁，是痛苦、毁灭、耻辱，而我同样也不配——无论如何，还不配。记得过去常说过，要是一个真正的悲剧降临到我身上，我想自己也受得了，只要它裹着紫色的罩布、戴着高尚的悲怆面具[137];但现代性可怕的一点是，它把悲剧裹上了喜剧的外衣，这样一来，伟大的现实似乎成了或陈腐或丑怪或俚俗的东西。现代性还真是这样的呢。大概真实的生活总是这样的吧。据说在旁观者看来，一切殉道的壮举都显得贱。[138]十九世纪也未能免俗。

我的悲剧点点滴滴都显得丑陋、低贱、令人反感、俚俗不堪。身上的衣服就叫我们变得又丑又怪了。我们成了悲怆的怪物、肝肠寸断的小丑，被特别装扮摆弄，来逗引人们的幽默感。1895 年 11 月 13 日，我从伦敦被带到这里。[139]那天从两点到两点半，我得站在克列珀汉转换站的中央站台上，穿着囚衣戴着手铐，让天下人观看。一点也没预先通知，就把我从医院病房带出来。天上人间，那时就数我最丑最怪。人们看到我就笑。每来一班火车就增加一层观众。没什么比这更能逗他们乐了。这当然是在他们知道我是谁之前。等知道了之后，他们笑得更厉害了。我就这么半个小时地站在那里，冒着 11 月的冷雨，面对一团讥笑连连的匹夫匹妇。在那次遭遇后的一年里，每天到了那个钟点，我都要哭，哭上同样长的那么一段时间。这事你听着也许不觉得有那么悲伤。对那些监狱中人，眼泪是每日必备的经历。在牢里，要有谁哪一天不哭，那是他的心硬了，而不是他的心喜了。

现在呢，嗯，我真的开始觉得那些笑的人比我自己更可悲了。当然他们看到我时，我并不在底座上让人仰望，而是套着枷锁在示众。但要是只对搁在底座上的人感兴趣，那是一个非常没有想象力的心性。底座可以是非常不实在的东西。而枷锁却是确凿不移的可怕现实。那些人本该也知道怎样更好地诠释悲怆。我说过了在悲怆的背后永远是悲怆。如果说了在悲怆的背后永远有个灵魂，那就更见智慧了。而嘲笑一个痛苦中的灵魂是件很卑下的事。谁做了这件事，那他的生命就不复美好了。在世界那简单得出奇的经济秩序中，人们付出什么便得到什么回报，那些想象力不足以穿透不过是事物的表层而能心怀怜悯的人，对他们除了鄙夷，还能以什么怜悯作为回报？

对你说我是怎么被转到这里来的，只不过是要让你明白，除了苦涩和绝望，要我从身受的惩罚中感受出别的什么，曾经是多难的一件事。然而，不得不这么做，我不时地经历了屈服和认命的时刻。单单一个花蕾，可以藏着整片春光，云雀在低处地上做的窝，可以盛着预报许多玫瑰色黎明到来的欢乐；所以，要是生活还留给我任何的美好，那也许就包含在某个屈服、落魄和羞辱的瞬间。不管怎样，我可以纯粹按自己的发展顺其自然，对身受的一切全盘接受，以此来使自己配得上这一切。

人们常说我自为心态太浓了。现在我必须比过去任何时候更自为得多才是。我向自己索取，应该比过去任何时候都多得多才是；我向世界索取，应该比过去任何时候都少得多才是。的确，我之所以身败名裂，不是因为生活中自为主义太多，而是太少。我生活中那个丢脸的、不可饶恕的、永远是可鄙的举动，是让自己被迫向社会寻求帮助和保护，来对付你父亲。像这样寻求对付任何一个人，从自为主义的观点看本来已够不好了，但对付的是这样一种心肝嘴脸的人，又能有什么借口好说呢？

当然，我一旦启动了社会的力量，社会就转过来对我说："你是不是向来置我的律法于不顾，而现在又要向这些律法求助？你要让这些律法完整地执行到底。你要遵守你所求助的。"其结果是我进监狱。在以警察法庭开始的那三次过堂中，我常痛感自己处境的耻辱和讽刺意味，看到你父亲里里外外地东奔西跑，以期引起公众注意，好像有谁还注意不到或记不住那副马夫的步态及装束、那两条罗圈腿、那双哆嗦不停的手、那耷拉着的下唇、那像禽兽一般愚鲁的龇牙咧嘴。即使他不在场，或不在眼前，我也感觉得到他的存在，法庭大厅那光秃秃阴惨惨的四壁，就连空气本身，我也不时觉得好像悬挂着那张如猿似猴的脸庞的各种光怪陆离的面具。肯定没人像我这样，遭到过如此下流的算计，跌得如此之惨。在《道连·格雷》[140]的哪个地方，我说了"人在选择敌人时再小心也不为过"。当时真想不到，正是被一个贱人搞得我自己也要成为贱人了。

怂恿我、逼迫我向社会求助，这是许多事情中的一件，使我如此看你不起，也使我因为迁就你而如此看自己不起。你不欣赏作为艺术家的我，情有可原。那是气质使然。你也没办法。但你本可以欣赏作为自为主义者的我。因为这并不需要任何文化修养。可你并不这样做，所以就把市侩的平庸带进了一个曾一心一意与这平庸抗争、以某些观点看是把它扫荡净尽了的生命。生命中的平庸并不意味着对艺术不理解。可爱的人们如渔夫、牧人、农民之辈，他们一点也不懂得艺术，可正是人群中的佼佼者。是市侩庸人的，倒是那些坚持并襄助社会那笨重冥顽、盲目机械的力量，而对一个人或一项运动的内在活力视而不见的人。

人们认为我把生活中的坏蛋带到餐桌边招待他们，并且乐于同他们为伍，这是很可怕的。但是这些人呢，如果从我作为艺术家的观点来接触他们，却具有令人愉快的暗示和启发性。就像与豹共餐，刺激的一半来自危险。我的感觉，耍蛇人肯定也有。他把眼镜蛇从装蛇的花布或柳筐里逗得动起来，使它随着他的逗引将颈部膨胀，身子抬得高高的，像溪流中悠闲漂荡的水草一般前后摆动。这些人对于我是色彩最斑斓亮丽的蛇。毒素正是他们完美的一部分。我当时不知道，他们日后攻击我时，是因为听了你的笛声，为了你父亲的钱。与他们相识我一点也不觉得惭愧。他们太有趣了。我确实感到惭愧的，是你把我带进去的那种可怕的平庸气氛。作为艺术家，我要打交道的是埃里厄尔，你却让我与卡利班[141]交手。非但没写出音与色俱佳的作品如《莎乐美》、《佛罗伦萨悲剧》和《圣妓》，我身不由己地被迫去写长长的律师信给你父亲，被逼去向我一直与之抗争的东西求助。克里伯恩和阿特金斯[142]在他们同生活进行的不光彩的争战中表现出色。招待他们可是个惊世骇俗之举。大仲马、切利尼、戈雅[143]、爱伦·坡或是波德莱尔，也一定会这么做的。让我烦不胜烦的是想起那些个时候，你陪着去见律师汉弗雷斯，在那个咄咄逼人的阴森森的房间里，你同我没完没了地坐着，一本正经地对着一个秃顶的人说着一本正经的谎话，直憋得我叫苦不迭，呵欠连连。我发现同你的两年结交，使我落到这境地，不偏不倚就在市侩平庸的中心，远离一切美好、光明、奇妙、敢为人先的事物。到头来还得为你出面，维护行为举止的体面、生活的清白检点、艺术的道德规范。此乃邪路所达之处——*Voilà où mènent les mauvais chemins*![144]

让我奇怪的是，你为什么会去模仿你父亲的主要性格特征。我不明白，他对你本该是一个警诫，怎么反而成了你的典范，解释除非是大凡两个人有了仇隙，其间必定存在某种难兄难弟的纽带，某种同气相求的呼应。我猜想，由于某种同类相斥的奇怪法则，你们互相憎恶，这不是因为两人间的许多不同，而是因为在某些方面你们俩何其相似乃尔。1893 年 6 月，你离开牛津，没拿到学位并拖了一堆债。这本是小事一桩，无奈在有你父亲那种收入的人眼里可是非同小可。你父亲给你写了一封信，口气非常之狠恶刻毒，不堪入耳。你回他的信则处处有过之而无不及，当然也就更加不可原谅，结果你因为这封信而极为自豪。记得很清楚，你带着那最不可一世的神情对我说过，能在你父亲的“老本行”上击败他。还真不假呢。可那是一个什么样的行当！这又是怎样的一种竞争啊！你曾常常嘲笑你父亲，住在你表兄弟家时，会跑出去到附近的旅馆写些脏话连篇的信寄给他。你恰恰也对我干下同样的事。你三天两头地在餐馆同我吃午餐，不高兴了或者闹了一场，接着就跑到怀特俱乐部，给我写一封满纸尽是恶语脏话的信。你和你父亲不同的只有一点，那就是你特地差人把信送过来后，过几个钟头会亲自跑到我房间来，不是来道歉，而是来看我是否在萨瓦伊订了正餐，如果没有，为什么没有。有时你来时那无礼的信还没读呢。记得有一次你要我请你的两个朋友，有一个我从未谋面，到皇家咖啡座午餐。我照办，还应你的特别要求，预订了一桌特别豪华的午餐。记得厨师是特地请来的，酒也是专门安排的。可你非但不出席午餐会，还送一封骂人的信到咖啡座来给我，时间安排得刚刚好，在我们等了你半个钟头后信才到。我读了第一行，明白说的是什么，就把信放进衣袋，向你的朋友解释说，你突然病了，信中接下来说的是病的症状。事实上，我是等到那天晚上在泰特街整装要用正餐时，才读那信的。正当我看着那满纸污浊，无限悲哀地寻思你怎么写得出这像癫痫病人口吐的白沫一样的文字时，仆人进来说你在楼下厅里等着，非常着急要见我五分钟。我马上传话叫你上来。你来了，我承认那副模样又惊又怕，脸色苍白，求我出主意帮忙，因为你听说从兰姆雷来了个人，是律师，在卡多根广场一带打听你的消息，你怕是自己牛津旧事重发，或什么新麻烦找上门来了。我安慰你，告诉你——而且事后证明说对了——那很可能不过是哪家商店的账单罢了，并让你留下来吃饭，同我共度那个晚上。对那封令人发指的信你一句话没说。我也不说，只把它当作一个坏脾气的一个坏症状算了。这话再也没提起过。两点半给我写了封讨厌的信，当天七点一刻飞跑过来求我帮助要我同情，这是你生活中再平常不过的行径了。在这些习惯上，正如在其他习惯上，你大大超越了你父亲。当他写给你的那些令人厌恶的信在法庭上公开读出时，他自然感到惭愧，装着哭了。要是你给他的那些信被他本人的辩护律师读出来的话，那大家都会感受到更为可憎可怕的恶毒。你不单单就文字风格而言在“他的老本行上把他击败了”，在攻击方式方面，也完全叫他望尘莫及。你动用了公用电报，还有明信片。我想你或许应该把这类骚扰人的方式留给像阿尔弗莱德·伍德[145]这类人，他们收入的唯一来源就靠这个。不是吗？对于他和他的阶级，这是谋生的职业，而对于你，这是取乐的消遣，一项非常邪恶的消遣。通过那些信、由于那些信，你使我得面临这种种，可你还是没改掉这笔墨骂人的恶习，仍然把它看作你的能耐之一，还用到了我朋友身上，那些在我关押期间对我好的朋友，如罗伯特·舍拉德，还有别的人。你这真丢人。当罗伯特·舍拉德听到我说不希望你在《法兰西信使》上发表任何有关我的文章，不管附不附上我写给你的那些信，这时你本来应该感激他才是，因为他确证了我对这件事的意愿，无意间也免得你越陷越深，给我造成更多的痛苦。你必须记住，一封居高临下、平庸不堪的信，吁求对一个“被击倒的人”采取“公平游戏”规则，这对英国报纸还行。它秉承了英国报刊出版界对艺术家态度的老传统。但在法国，这样的语气就会让我遭人取笑，让你被人看不起。任何文章，要是我不知道它的目的、格调、论述方式等等，是不会允许将它发表的。在艺术上，好的动机一点价值也没有。所有不好的艺术都是好的动机造成的。

在我的朋友中，被你写信恶骂的也不止罗伯特·舍拉德一个，就因为他们要求在同我有关的事上征求我的意见，照顾我的感情，比如发表谈论我的文章，把你的诗题献给我，把我的书信和礼物交出来，等等。你还骚扰了，或者图谋骚扰另外一些人。

不知你到底想过没有，过去两年，在我苦刑加身期间，要是把你当作朋友倚靠，那境况会有多么糟糕？这一点你到底想过没有？对那些人，不知你有过一丝感激之情没有？他们毫不吝啬自己的善意，为朋友竭尽全力，以付出为乐以给予为喜，为我减轻了那郁郁不可终日的重负，一次又一次地来看我，写给我美好动听、充满同情的信，为我操持有关事务，安排未来的生活，甚至在我为千夫所指、被万人唾骂之时，他们与我并肩而立。每一天我都感谢上帝，给了我那些除你以外的朋友。一点一滴我都得感谢他们。就连我牢房里的书，也都是罗比用他的零花钱买的。出狱时，我的衣服也将由他提供。一件东西，如果是出于爱和关心给我的，那我受之无愧。我以此为荣。但你想过没有，这些朋友，比如穆尔・艾狄、罗比、罗伯特・舍拉德、福兰克・哈利斯，还有阿瑟・克里福顿[146]，他们给我安慰、帮助、关爱、同情等等，这些人对我都意味着什么？我猜想你根本就没明白过。然而，假如你还有一丁点想象力的话，你会懂得，在我囚禁生活中对我好的每一个人——下至在例行公务之外向我道一声“早安”或“晚安”的狱吏；下至普普通通的警察，在我心烦意乱被带着来回奔忙于破产法庭的途中，他们以那种朴实的、粗线条的方式尽力想安慰我；下至那个可怜的盗贼，当我们在瓦兹华斯院子里走步放风时，他认出我来，便用狱中人那长期被迫沉默而落下的沙哑嗓音，轻声对我说“我替你难过，这日子对你们这种人比对我们要更难熬啊”——我说，这些人一个个，要是允许你跪下来给他们擦去鞋上的污泥，你都该觉得脸上有光才是。

不知你的想象力够不够让你明白，碰上你一家人，对我是多么可怕的一个悲剧？不管对谁，只要他有地位，有名声，有任何重要的什么需要爱惜，这都会是一个什么样的悲剧啊！你家族年长的人当中——除了珀西，他可真是个好人——有谁不是促成我毁灭的一分子？

我曾心中有气地同你说起过你母亲，我力劝你，这封信一定要让她看，主要是为了你的缘故。假如读着这样一封控诉她一个儿子的信令她痛苦的话，就让她想想我的母亲吧。我母亲，才气同伊丽莎白·巴雷特·勃朗宁相匹，历史地位与罗兰夫人[147]并重，然而却伤心而死，就因为她以儿子的才华和艺术为荣，一心认为家声门风能在他手里传扬光大，没想到儿子却被判了刑服两年苦役。你问我为什么你母亲是促成我毁灭的一分子，我这就告诉你。就像你力图把你所有不道德的责任全往我身上推那样，你母亲也力图把她对于你的所有道德责任全往我身上推。她非但不像一个当母亲的应该做的那样，直接同你谈你的生活问题，反而总是私下写信给我，一本正经、诚惶诚恐地央求我别让你知道她给我写信。你看夹在你们母子之间，我陷进了怎样的境地。虚假、荒唐、悲惨，一如陷在你和你父亲之间。在1892年8月，以及同年11月8日，我跟你母亲就你的事有过两次长谈。两次我都问她为什么不把事情直接同你说。两次她都这样回答："我怕，一说他就大发脾气。"第一次时，我对你了解得很少，不明白她话里的意思。等到了第二次，我对你就很了解了，她的意思就全明白了。（在这期间，你曾有一次黄疸病发，医生要你去伯恩茅斯住一个星期，因为不喜欢一个人待着，说动我陪你去了。）但是作为母亲，首要责任是不能害怕认真严肃地同儿子谈话。倘若在1892年7月你母亲能认真严肃地跟你谈谈她所看到的关于你的问题，并使你对她吐露真情，那事情就好办得多了，最终你们双方也都会愉快得多。一切鬼鬼祟祟向我诉说的做法都是错的。你母亲这样做有什么用呢？不断地往我这边寄些短信，信封上注明“私信”，求我别这么经常请你吃饭，别给你钱，每次信都要一本正经地附上一句“千万别让阿尔弗莱德知道我写信给你”。如此地写信递条子有什么好处呢？你有哪次是等人来请才去吃饭的？从来没有。你认为同我吃的餐餐饭食都是理所当然的。要是我规劝了你几句，你总有话说：“如果不同你吃，那我上哪儿吃去？你总不会要我在家里吃吧？”这叫人无话可答。如果我决绝地不让你同我进餐，你总是威胁要干出什么蠢事来，而且总是真的干了。像你母亲屡屡写给我的这些信，会有什么结果呢？结果不外乎，而且果不其然，是愚蠢而又致命地把道德责任推到了我的肩膀上。你母亲的怯弱，事实证明对她本人、对你、对我，具有如此的毁灭性，其间种种细节我不想再多说了。但是，在她听到你父亲来我家大吵大闹，当众出我的丑时，谅必已经明白事情眼看要闹大了，难道就不能认真采取一些步骤来化解吗？可她想得出的，就是叫个巧舌如簧的乔治·怀恩德汉[148]，凭他的不烂之舌来向我提出——什么呢？要我“渐渐地把你放掉”！

好像有可能让我把你渐渐放掉似的！我曾千方百计要结束你我的友谊，不惜离开英国，给个在外国的假地址，希望能一举斩断这已经变得可憎可恶、将把我引上绝路的交往。你说我是能够把你“渐渐放掉”而不放吗？你说这样你父亲就心满意足了吗？你知道不是这么回事的。你父亲要的，的确不是你我中断友谊，而是当众闹出条丑闻。他盘算着的就是这个。他名字没见诸报端已有些年头了，于是看准这是个机会，好以一个全新的形象，一个慈父的形象，出现在不列颠大众眼前。他来劲了。我要是同你一刀两断，那可真要叫他大失所望，即使二度离婚的官司[149]，不管其始末曲直有多令人恶心，所赢得的小小臭名，充其量也难以自慰。因为他求的是出名走红，而装扮成一个所谓的纯洁世风的卫道士，以时下英国公众的水平论，是成为一时英雄的不二法门。我在一个剧本里说了，这公众，如果上半年是残忍的卡利班，那下半年就是伪善的答尔丢夫。[150] 而你父亲可说是成了这两种性格的化身，这样一来，就被目为咄咄逼人、最典型的清教徒主义的当然代表了。渐渐把你放掉，即使行得通，也于事无补。难道你现在还不这样认为吗，你母亲该做的唯有请我过去同她见面，你和你哥哥也要在场，毫不含糊地提出这段友谊必须一刀两断？那她就会发觉，对她的提议我是最衷心拥护不过了，而且有你哥哥和我在场，也用不着怕同你说话了。她没这么做。她这是怕负责任，想往我身上推。当然她的确给我写过一封信，短短的，要我别再往你父亲处写律师信警告他罢手。她说得倒很对。我真荒唐，去找律师商量，求他们保护。但那封信可能产生的效果，却被她用那句惯常的附言抵消了：

“千万别让阿尔弗莱德知道我写信给你。”

一想到不但你自己，连我也给你父亲寄律师信，你乐不可支的。都是你的主意。我又不能对你说你母亲非常反对这么做，因为她用最庄严的许诺约束我，绝对不能告诉你有关她写信的事，而我又愚蠢地信守了我的诺言。难道你还不认为，她不直接同你谈是错的吗？同我暗地里的谈话、偷偷摸摸的通信，这些全是错的吗？谁都不能把应负的责任推诿给别人。推出去的责任，大大小小最后总要归回到该负的人身上。你唯一的生活理念，你唯一的人生哲学，如果你还有什么哲学的话，那就是你做的事不管什么，都要由别人承担：我并不单是指的钱财——那无非是你的哲学在日常生活实惠中的运用罢了——我说的是最广泛、最充分意义上的推脱责任。你以此为信条。说起来还真屡试不爽呢。你逼我采取行动，因为你明白，你父亲绝不会对你的生活或人身进行攻击，而这两样我又会护卫到底，并且会大事小事统统往自己身上揽的。你算得还很准。你父亲和我，双方的动机固然不同，却一毫不差地照你所盘算的那样行事。但尽管如此，天晓得你并未能真正地逃脱干系。那“少年撒母耳论”，为简洁起见姑妄称之，在一般人当中还可以大行其道。在伦敦可能很有些人会嗤之以鼻，在牛津也免不了遭人讪笑，但这不过是因为在那两地都有些人知道你，而你也人过留名的缘故。除了这两个城市中的一小圈人以外，世人都拿你当个好后生看待，差点让那个刁顽卑鄙的艺术家引入歧途，在千钧一发之际被慈祥仁爱的父亲救了下来。听起来很有道理。然而，你知道自己并未逃脱。我说的不是一个傻陪审员问的傻问题，这问题公诉人和法官当然不屑理会。谁也不拿它当回事。我指的也许主要是你本人。在你自己看来，而且有一天你将不得不考虑你的为人，你并没有，也不会对事情闹成这样觉得心安理得。暗地里你必定会为自己觉得羞愧难当。用一张厚脸皮面对世界是手绝活，但不时地，当你孤身一人，当观众不在跟前时，我想，就不得不把面具取下来，即使是为了喘口气。要不然，真的，你会憋死的。

同样地，你母亲必定也会不时地后悔把重大的责任推给别人，而那个人自己的负担已经不轻了。对于你，她是身兼父母之责的人，可她是否真的履行了或父或母的义务？假如你的坏脾气、你的粗鲁、你的大吵大闹我忍受了，她也该忍受才是。上一次见到我妻子时——十四个月前的事了——我告诉她要对西里尔负起既是母亲也是父亲的责任。我把你母亲对待你的方式，详详细细告诉了她，就跟在这封信里说的一样，只是当然要完整得多了。我说了那注明“私信”、自你母亲那里不断送到泰特街家里的短笺，到底是为的什么。那些信源源不绝，弄得我妻子都笑了，说我们一定是在合写一部社会小说或者诸如此类的东西。我恳求她不要像你母亲待你那样待西里尔，对他的教养要使他日后万一流了无辜之人的血后，会回来告诉她，这样她就能先为他洗净双手，再教他过后如何通过忏悔或赔偿来洗净灵魂。我告诉她，假如不敢对另一个人的生活负责——虽然这个人是她的亲生孩子，那就得请个监护人协助。这一点，我很高兴地说，她办到了。选的监护人是亚德里安·霍普，出身高贵，富有教养，性格温良，又是她的表亲，你曾在泰特街见过他一面。有了他，西里尔和维维安的美好前程就很有希望了。[151] 你母亲，如果她怕同你严肃地交谈，就应该在亲戚中找个说的话你或许听得进的人。但她首先不应该害怕，本该同你开诚布公，面对现实。不管怎样，看看后果吧。你说她能满意，能快活吗？

我知道她将罪怪到我头上。这事我听人说了，不是认识你的人，而是不认识，也不想认识你的人。我常常听人说。她讲到年长者对年轻人的影响，比如说。对这个问题，这是她最喜欢采取的态度之一，并且总能迎合公众的偏见和无知。我用不着问你，我对你有过什么影响。你知道我对你毫无影响的。这是你常常用来夸口的一件事情，而且确实是唯一有根有据的一件。事实上，你又有什么东西我影响得了的？你的头脑？发育还不全呢。你的想象力？死了。你的心？还没长出来呢。我平生所遇的人当中，你是一个，唯一的一个，我一点也无法影响、无法左右的人。当我因为照料你的病而染疾发烧无人在旁时，并没有足够的影响力说得动你，为我哪怕是弄来一杯牛奶，或者是通常病人所需的物件，或者是驾车到一两百码外的书店，用我自己的钱帮忙买一本书来。当我切实在写作时，笔下喜剧，论文采将胜过康格里夫，论哲理将超过小仲马，其他方方面面我想也无人能出其右，可就是没有足够的影响力叫得动你，别来打搅我，让我像艺术家所应该的那样安静独处。无论我的写作室在哪儿，在你都是间平常的娱乐室，一个抽烟喝酒的地方，一个闲聊奇谈怪事的地方。“年长者对年轻人的影响”，这论调多好听，传到我耳朵就不行了。于是成了怪论一则。传到你耳朵时，我想你听了会笑的——暗自窃笑。你当然有权笑了。我也听到她许多关于钱财的谈论。她声称，而且是非常的理直气壮，说她不断地央求我不要给你钱。这我承认。她来的信无休无止，封封都带一句“千万别让阿尔弗莱德知道我写信给你”。但样样东西为你掏腰包，从早晨的剃须膏到夜半的马车费，我可一点也不喜欢。简直扫兴透顶。对此我每每啧有烦言。我常对你说——你还记得不是？——我多么讨厌你把我当成个“有用的”人，搞艺术的多么不喜欢被人这么看，这么对待；艺术家，如同艺术本身，就其本质而言是很没用的。这话你听了常常大发脾气。真话总是让你生气。的确，真话是最难听得进耳也最难说得出口的。但这并未使你的人生观或生活方式有所改变。每一天，我都要为你那一整天里干的每一件事掏钱。只有好心好到荒唐的地步，或者愚蠢得不像话的人，才会这么做。而我不幸的是二者集于一身了。我常建议你母亲应该提供你所需的钱，这时你总是回答得很好听，很有风度。你说你父亲给她的钱——我相信是一年 1 500 镑左右——对于她这种身份的女士是很不够的，你不能在已经拿的钱之外再向她要了。你说得不错，她的进项与她这样的身份和品位是极不相称的，可这也不该成为你靠我的钱花天酒地的借口啊。恰恰相反，这应该提醒你自己的生活要保持节俭才是。事实上你当时是，我猜现在仍然是，一个典型的自作多情的人。因为一个人若自作多情，无非是想既享受感情的痛快，又不用为此破费。提议别让你母亲掏腰包是美好的，不掏她的腰包来掏我的腰包则是丑陋的。你以为人可以白白地获得感情。不行的。即使是最美好、最富有自我牺牲精神的感情，也不是白送上门的。奇怪的是，使之美好的，正是这一点。匹夫之辈的心智和感情生活是非常可鄙的。就像他们从一种思想的流动图书馆——一个没有灵魂的时代的“时代精神”——借来理念，一周过后又污渍斑斑地将其归还那样，他们总是想法赊购感情，等账单送来了又拒绝支付。你不该还停留在那种生活观念中。一旦你必须花费去偿付一种感情时，就会明白它的质量，并因为明白了它的质量而得到长进。还要记住，自作多情的人内心里总是玩世不恭的。的确，自作多情不过是玩世不恭的公假日罢了。尽管从心智方面看犬儒主义[152]的玩世不恭还挺讨人喜欢的，但既然该主义已经爬出了木盆钻进了俱乐部，那它永远只能是给一个没有灵魂的人的绝妙哲学。它有它的社会价值，而对艺术家来说，一切表达方式都是有意思的，但就其本身而言，它是很贫乏的，因为对十足的犬儒主义者来说，没有一样东西是明白的。

我想，如果你现在回顾一下你怎么看待你母亲的收入，以及怎么看待我的收入，你不会觉得脸上有多少光彩的；假如你不把这封信拿给你母亲看的话，那或许有一天会向她解释，你花我的钱，可从来就没问过我愿不愿意给你钱。这不过是你用来向我表示专一不贰而采用的一种不伦不类的方式罢了，对我个人来说是可悲可恼至极。大钱小钱的全找我要，你自己看着好像小孩般的天真可爱，你的玩和乐，样样硬要我付钱，你以为是找着了永远不用长大的秘密。坦白说，听你母亲把我说成那样我很懊恼，我相信反省一下你就会同意我说的，你们家给我们家带来的祸患，对此她要是没有遗憾或悲哀的话好说，那还是免开尊口为好。当然，没有理由要她看这封信中任何谈到我所经历的任何心理演变，或希望达致的任何人生新起点的那些部分。这些对她不会有什么意思。但假如我是你的话，就要把那些纯粹同你的生活有关的部分拿给她看。

事实上，假如我是你的话，不会介意装假而得人喜爱。一个人没有理由非得把自己的生活向全世界公开。世界是不明白事理的。但是对那些你想博得他们关爱的人，就不同了。有一个很好的朋友，十年的老交情了，早些时候来看望我，说对我的指摘他一点也不信，要我知道他认为我是清白的，被你父亲炮制的毒计陷害了。听了他的话，我泪如雨下，对他说，尽管你父亲振振有词告我的罪状里面有好多是不实之词，是恶毒地嫁祸于人，但我在生活中还是曾经纵情于反常变态的肉体享受和怪异的情欲，除非他实事求是地接受并完完全全地了解这一事实，否则我就不可能再同他为友，甚至不能与他交往。他听了大吃一惊，但我们还是朋友，而我不是靠装假讨得这份友情。我对你说过，讲真话是件痛苦的事。被迫讲假话还要痛苦得多。

记得在最后那场审讯中我坐在被告席上，听着洛克伍德律师[153]对我所作的骇人听闻的谴责——听着就像塔西佗的口气、像但丁写的哪一段、像萨沃那洛拉[154]对罗马教皇的控诉——听着他的话，我毛骨悚然。突然间，心中冒起一个念头："假如是我自己在这么说自己，那该有多好！"于是豁然看到，怎么说一个人并不重要。重要的是，谁说的。一个人最辉煌的时刻，我毫不怀疑，是他跪倒在地，双手捶胸，将一生的罪孽和盘托出之时。在你也一样。如果你亲口把自己的生活不管怎样说一些给你母亲听，现在也会觉得畅快得多。我在1893年的12月跟她说了很多，但当然有的不得不避而不谈，有的只能泛泛而谈。在如何处理同你的关系上，这似乎没给她增添什么勇气。恰恰相反。她反而对真相更是讳莫如深了。假如是你自己说的，那就会不一样。也许我的话你听了常会觉得太逆耳。但事实是无可抵赖的。我说的并无添油加醋。如果你把这封信像你应该的那样认认真真看了，那就是与本人直面相对了。

到此我已经给你写了这么多，而且写得很详细，好让你领悟到，在我入狱之前，那要命的三年友谊期间，你怎样待我；在我服刑期间，几乎再不用两次月圆就要刑满了，你怎样待我；

以及出狱之后我希望怎样对待自己，对待别人。这信我无法重新构思，也无法重写。怎样写了你就得怎样看，许多地方被泪水模糊了，一些地方带着激情或悲情的痕迹；你得尽量地去理解它，包括涂的、改的等等。至于改正和勘误，我之所以这么做，是要让我的话语绝对地把我的思想表达出来，既不因为言过其意，也不因为言不尽意而出错。语言要人调理，就像一把小提琴；而且，正像嗓音的颤动或琴弦的振动，太多太少都会让音调失真那样，话语太多或太少，都会使意思走样。无论如何，我的信，就它目前这样，一词一语背后都有确定的意思。其中没有一点巧言虚辞。不管什么地方出现涂或改，不管是多么细枝末节，多么用心良苦，都是因为我着意要传达出我真切的印象，为我的心境寻找到精确的对等语。最早感觉到的，不管是什么，总是最后在纸上成形。

我承认这封信很不客气。我对你并不笔下留情。你的确可以这么说我，口头上承认连悲哀中之最轻者、损失中之最小者都拿出来与你斤斤计较，对你会太不公平了，可实际上又这么做了，还把你的本性一分一毫地称量出来。不错。但必须记住，是你把自己放到天平上来的。

你应该记住，只需同我在牢狱中的一个片刻相比，你那一头的天平就要翘到天上去。虚荣心使你选了那一头，虚荣心使你紧抱着那一头。你我的友谊存在着这么一个心理上的大错，即完全不成比例。你硬闯进了一个对你来说是太大了的生活，其轨道之高远，为你的圆周运动能力所不逮，也非你的目力所能及，其思想、激情和行动举足轻重，备受关注，动辄充满了——的确是充得太满了——令人惊叹或令人敬畏的影响。你那小小的生活，那些小小的异想天开、喜怒无常，在它自己小小的范围内值得钦佩。在牛津时值得钦佩。在那里，最糟糕的莫过于被学监数落一顿，被院长训斥一场；最痛快的莫过于莫德林学院胜了划艇赛，在方院里燃起篝火庆祝这一盛事。你离开牛津后，这本该就在它自己的范围内延续下去的。就你本人，没什么可说的。你是一种非常现代的类型的一个非常完整的标本。只是在同我参照时才显得你错了。你那不顾轻重的挥霍并非犯罪。青春总是意味着挥霍。可耻的是你逼我为你的挥霍付账。找个朋友可以从早到晚地陪你消遣，你的这个愿望倒很可爱，简直充满了田园诗意。但你紧拽不放的朋友不该是个文学家、艺术家。对这样的人，你老守在跟前，实在叫创作的官能麻痹瘫痪，这样的厮守，那什么美好的作品都灰飞烟灭了。你一心一意地认为，消磨一个晚上的最佳方式，是在萨瓦伊开一桌香槟正餐，接着是杂耍剧场里开一个包厢，再接着是在威利斯来一顿香槟夜宵，作为良宵将尽的最后美味。这本无伤大雅。在伦敦，持这个观点的可爱的年轻人成打成堆。这甚至连怪癖也不是。这是怀特俱乐部成员必备的资格。可你无权要求我为你承办诸如此类的宴乐。这表明你毫无眼光来真正欣赏我的才华。同样，你们父子间的争吵，不管其性质如何，显然本来应该完全是你们两人之间的问题。本该拿到后院去吵才是。这样的事，我相信，通常都是拿到那地方去争去吵的。你的错，在于硬要把它搬上历史的高台演成一出悲喜剧，让全世界作为它的观众，把我当作这场卑鄙的比赛中赏给胜者的奖品。你父亲恨你，你恨你父亲，这样的事英国公众才没兴趣呢。这类不和在英国家庭生活中司空见惯，因而应该局限在以此为特征的地方：家里。一出其家庭圈子就不适宜了。易地而为便是冒犯。家庭生活不能当作红旗一面，可以拿到街上张扬；也不是什么号角，可以拿到屋顶上吹得声嘶力竭。你把家事带出了它的正当范围，一如你把自己带出了你的正当范围。

那些舍弃了他们正当的范围的人，改变的不过是他们的周围环境，而非他们的本性。他们并没有获得所进入的那个范围要求的思想或激情。他们做不到这一点。情感力量，正如我在《意图》[155]一书里什么地方说的，在时空范围上同物理能量的力一样有限。小小一个杯子，造出来为了装这一点便只能装这一点，再多就不行了，哪怕是勃艮第紫色的酒桶个个装满了葡萄酒，西班牙嶙峋的葡萄园采摘的葡萄堆到了踩榨工人的膝盖。最普遍的错误莫过于以为那些引起或促成伟大悲剧的人，都同样怀着与那悲剧气氛相合的情感：没有比这个要他们情感相通的错误更致命的了。那披着“火之裳”[156]的殉道者也许在仰望着上帝的脸，但是对那个在堆放柴捆、松开木条要执行火刑的人，整个场面不过如屠夫杀死一头牛，烧炭人伐倒一棵树，挥镰割草的人劈落一朵花罢了。伟大的激情是留给伟大的灵魂的，伟大的事件只有与之水平相当的人才能理解。

纵览古今戏剧，我不知道还有什么能像莎士比亚对罗森克兰兹和纪尔顿斯丹的刻画那样，达到艺术上无与伦比的高度，或者能在观察精妙的暗示上更胜一筹。他们是哈姆雷特在学校时的朋友，少年的同伴。他们带来的是对往日相处的好时光的回忆。在剧中他们遇到哈姆雷特时，他正脚步踉跄地，肩负着一个令他那种气质的人苦不堪言的重任。死去的人全副披挂地从坟墓里出来，强加给他一个对他来说太伟大又太渺小的使命。他长于幻想，却要他去行动。他有诗人的天性，却要他费尽心思解开俗人们前因后果的纠缠，面对的是生活的现实功利，对此他一无所知，而不是生活的理想本质，对此他又知道多多。该怎么办他毫无主意，而他傻就傻在装疯卖傻。刺杀恺撒的布鲁图[157]借疯癫为外衣，遮掩他毅力的尖刀、意志的利剑，但是对哈姆雷特来说，疯癫不过是一副掩饰软弱的面具。通过扮鬼脸说怪话他借机拖延。他同行动周旋，就像艺术家同理论周旋。他让自己侦探监视自己应该采取的行动，听着自己的话知道这些不过是“空话、空话、空话”而已。他非但不努力成为自己历史的英雄，反而尽力要成为自己悲剧的观众。他对什么都不相信，包括他自己，而他的疑虑又帮不了忙，因为这不是出自质疑的态度，而是由于意志上的进退失据。

关于这一切，纪尔顿斯丹和罗森克兰兹全然不知。他们鞠着躬，赔着假笑和真笑，一个说什么另一个便用更恶心的话回应重复出来。最后，借助戏中戏和这两个傀儡的相互调笑，哈姆雷特把国王的“良心抓住了”，把这无耻之徒吓得魂不附体，赶下了宝座。这个举动在纪尔顿斯丹和罗森克兰兹看来不过是颇费苦心地违反了宫廷规矩罢了。在“以合适的情感观照生活之奇景”中，他们只能达到这个程度。他们眼看就触到哈姆雷特的心机所在了，却一点也不知道。告诉他们也没什么用。他们是小小的杯子，只装得下这么些，再多就不行了。在戏快终场时，有暗示说这两人中了本来为另外一个人而设的圈套，他们死得或者会死得很惨、很突然。但这样一种悲剧性结局，虽然借助哈姆雷特的幽默带上了一点意外和喜剧性的罪有应得，但确实不是给他们的。他们永远不死。而霍拉旭，为了“把哈姆雷特和他的事业如实向那些尚未尽兴的人报告”，

就暂且免他去享福，
在这冷酷的世界上痛苦地留口气，

却死了，虽然没在观众面前死，也没留下弟兄。但纪尔顿斯丹和罗森克兰兹却长生不老，如同《一报还一报》中的安吉罗和莫里哀笔下的答尔丢夫[158]，并且应该与他们地位相等。他们就是现代生活对古心古意的友谊理想所做的贡献。如果有谁要写一篇新的《论友谊》[159]，应该为他们找个位置，用图斯库卢姆

散文的风格把他们褒奖一番。他们这些类型的人什么时候都应时应景。谴责他们反而显得缺乏欣赏力了。他们只不过是逸出了自己的范围，如此而已。灵魂的崇高是无法蔚成风气的。高远的思想，高尚的情感，从来就和者乏人。奥菲利亚本人不明白的，“纪尔顿斯丹和好人罗森克兰兹”或者“罗森克兰兹和好人纪尔顿斯丹”也领悟不了。当然我并不是说要将你们相比较。你和他们差别太大了。他们是机会使然，而你是成心为之。你故意地，不请自便地，冲进我的范围，篡夺了一个你既无权又无资格占据的位子。凭着你那出奇的顽梗，没有一天不守在我跟前一阵，终于把我的整个生活吸走了，除了把它糟践得支离破碎又能怎样。尽管你听着可能会觉得奇怪，但你这么行事却是很自然的。如果把一件玩具给一个小孩，这玩具对那颗小小的心来说太过美妙了，对那双懵懵懂懂的眼睛来说太过美丽了，要是小孩任性，就把玩具摔了；要是小孩满不在乎，就让玩具掉落在一旁，自己找伙伴玩去了。你就是这样。攥住了我的生活，又不知道怎么办才好。你知道不了的。这生活太美妙了，你是不该把它握在手里的。你本该松手放开它，找你自己的伙伴玩去。但不幸的是你很任性，于是把它摔了。这一点，归根结底，也许就是所发生的一切事情的最终秘密所在。因为秘密总是比外在的表露要小。调换一个原子可以震撼一个世界。关于这一点，我同你一样难辞其咎，在此要补一句：碰上你，对我是危险的，而在那个特定时候碰上你，对我则成了致命的，因为在你生命所处的那个时候，所作所为不过是撒种入土罢了，而我生命所处的，却正是一切都在收成归仓的季节。

还有几件事我必须在信中说明。第一件是关于我的破产。前些日子听说了，现在你家人要出钱偿还你父亲已经太迟了，并且是非法的，而我还得再这样受苦受难好长一段时日。老实说，这消息令我大失所望。我很伤心，因为法庭命令，我所有账目都得上交破产管理人，没有他的许可，哪怕出一本书都不行。我不能与剧院经理签合同，就是演出个剧本，收据都得转给你父亲还有其他几个债权人。我想就是你现在也会承认，让你父亲把我搞成破产，以此来使他丢分难堪，这计谋并非如你想象的那样会是大获全胜的高招。至少对我不是这样。要把我弄得一贫如洗，本来首先应该考虑的是我感情的痛苦和羞辱，而非你的幽默感，不管那有多么刻薄、多么出人意表。事实上，任由我被判破产，就像催我打最初那场官司一样，你这真是正中你父亲下怀，正是他求之不得的。要是他单枪匹马的，那从一开始就成不了气候。而你——尽管本意不想为虎作伥——却从来都是他的主要同盟军。

听穆尔·艾迪在信中说，去年夏天你当真不止一次表示过，有意偿还我在你身上“花的一些钱”。我在给他的回信中说，不幸的是我在你身上花掉的是我的艺术、我的生命、我的名声、我的历史地位，而你的家庭即使占尽天下宝物，或世人视之为宝的东西，才华、美貌、财富、地位等等，全拿出来摆在我跟前，也还不清我被拿去的万分之一，补不了我流的泪中最小的一滴。然而，人做的每一件事当然都要偿付的。甚至破了产也一样。你似乎觉得，有谁想要欠债不还，破产是快捷方式一条，实在是让“债权人丢分”的事。事实却是另一回事。这是让他的债权人使他“丢分”的办法，如果还用你喜欢的这个话说；而且判了破产，法庭通过没收他的一切财产，逼得他是有债必还，要是仍然还不清，就叫他身无分文，穷得像最卑贱的叫花子，或在拱道里站着，或在路上爬着，伸手要着那至少在英国他还羞于开口乞讨的施舍。法庭拿去的，不单是我所有的一切——书籍、家具、图画、所出版的书的版权、剧本的版权，说实在的是上自《快乐王子》和《温德米尔夫人的扇子》，下至楼梯的地毯和门前的擦鞋垫，无一剩下；就连我今后会得到的什么，也全都不能幸免。比如我在婚姻财产契约中的份额，也变卖了。幸好我通过朋友又买了回来。否则的话，我妻子万一去世，我那两个孩子在我有生之年也会像我一样穷得一文不名。我家在爱尔兰的庄园，里头我父亲传给我的份额，猜想下次就该卖这个了。这让我非常痛心，可也只能认了。

你父亲的那 700 便士——或者是英镑？——就这么堵着路，非还不可。即使我所有的、将有的，统统被剥夺殆尽，作为一个落魄的破产者放了出去，欠的债还是得还。萨瓦伊的餐餐酒食——清爽的海龟汤，皱皱地裹在西西里葡萄叶中的美味蒿雀，那色重如琥珀，说真的几乎是香醇如琥珀的香槟——

1880年的“达贡聂”，我想，是不是你最喜欢的佳酿？——笔笔账还都得还呢。在威利斯吃的夜宵，总是为咱们备着的佩里埃-儒埃特酿葡萄酒，直接从法国斯特拉斯堡买来的美味馅饼，还有那令人心旷神怡的上等白兰地，总是在钟形大杯的杯底斟上那么一点，好让那酒香给能够领略生活之美味雅趣的真正美食家品尝——这些总不能不还，像不老实的顾客留下的坏账吧。即使那副精致的袖纽——四颗心形银辉月亮石，周围红宝石和钻石相间，镶成一圈——是我自己设计，在亨利·刘易斯珠宝行里定做的，为庆祝我第二个喜剧成功而特别送你的小小礼物，即使是这个——虽然我知道你几个月后便把它贱价卖了——我也得还。不能因为送你礼物而叫珠宝店赔钱，不管你把这礼物怎样了。所以，你看我就是放出去了，还有债要还呢。

生活中，破了产的是这样，没破产的个个也是这样。不管做了什么，到头来每一样总得偿还的。即使你本人也不例外——不管你怎样想着要绝对的自由，一点不受责任的约束，硬要别人为你提供一切，而要你报以关爱、尊敬或感激时又想统统回绝——即使你这样，有一天也会认真反思自己干下的事，而想要做出某种补偿，尽管到那时已是多么的于事无补。欠下了而无法偿还，这将是你的部分惩罚。你无法脱卸自己的责任，耸耸肩，或笑一笑，说要去再找一个朋友，再找一桌新开的酒席。你不能把给我造成的一切当作一种怀旧的幽思，偶尔端出来就着香烟和美酒品尝一番，也不能拿这一切作为一种画面背景，为一种现代的享乐生活作陪衬，有如廉价小旅店墙上的旧挂毯。一时之间可能有换一种酱料或开一瓶新酒的新鲜感，但宴罢的剩菜会走味，瓶底的残酒是苦的。要么今天，要么明天，要么总有一天，你一定得领悟的。要不你就是至死不悟了，可那样的话，你的生命又变得多么委琐、惨白、没有想象力啊。在给穆尔的信中我提出一个观点，建议你最好以此来探讨这一问题，越快越好。他会告诉你是个什么观点。要明白个中道理你得好好培养想象力。记住想象是使人得以既从其理想关系也从其真实关系来理解世事和世人的能力。假如你一个人领悟不了，就找人谈谈。我已不得不与自己的过去直面相对过了。你也与自己的过去直面相视一下吧。静静地坐下来想想。恶大莫过于浮浅。无论什么，领悟了就是。跟你兄长谈谈吧。你该找的人的确就是珀西了。把这封信给他看，让他知道你我友谊的来龙去脉。事情清清楚楚摆出来后，那他的判断比谁都正确。要是我们早对他道出实情，那会免去我多少的痛苦和羞辱！你记得我提出过，那天晚上你刚从阿尔及尔回到伦敦。可你一口拒绝了。这样等他晚餐过后进来，我们只能演了一幕喜剧，说是你父亲疯了，脑子里尽是些荒唐可笑、子虚乌有的妄想幻象。只要不点破这可是个上好的喜剧，一点也不因为珀西很是拿它当真而有所失色。不幸的是收场太令人嫌恶了。我现在写的事情就是它的后果之一，假如这给你造成麻烦，请别忘了它给我带来了最为深重的耻辱，无从逃避的耻辱。我没有别的选择。你也没有。

第二件我要同你说的事，是关于我刑满出狱后同你见面的条件、细节安排和地点。从你去年初夏给罗比的那封信的片段中，我知道你已经把我给你的信件和礼物——至少是残存的那些——分成两包，封好了急着要亲手交还给我。当然，是得物归原主了。你理解不了我为什么给你写那些美妙的书信，一如你理解不了我为什么送给你那些美妙的礼物。你不懂，信不是让你拿去发表的，一如礼物不是让你拿去典当的。况且它们属于生活中早已成旧事的一个方面，属于一段你就是看不到其真正价值的友情。你现在必定是心怀惊异地回首当初的日子，那时你手中操着我的整个生活。我也回首那些个日子，心中怀着惊异，也怀着别的、大大不同的各种感情。

我就要出狱了，如果诸事顺利的话，在 5 月底吧，希望能马上同罗比和穆尔·艾迪一道去国外找个滨海的小村子住下。大海，就像欧里庇得斯[160]在一个写伊菲革涅亚的剧中说的，会洗去世界的污垢和创伤。

我希望至少同朋友们待上一个月，在他们有益于身心和充满关爱的陪伴下，重获安宁与平和，去掉一些烦恼，让心情变得更舒畅。我有一种奇怪的向往，要接近伟大的、单纯的、远古的东西，比如大海。跟大地一样，这些同是我的母亲。对自然，我觉得我们似乎都远观过甚，而与之相处又太少。我从希腊人的态度中悟出了大智大慧。他们从来不为夕阳西下而喋喋不休，也不讨论草上的影子是否真是紫红色的。但他们看到了，大海是给人游泳的，沙地是给人奔跑的。他们喜欢树因为它洒下了绿荫，他们喜欢树林因为它午间的幽静。剪修葡萄园的人用常春藤编成发冠，好在他躬身照料幼苗时遮挡日晒，而艺术家和运动员，对这两类我们得之于希腊的人，他们献上用苦涩的桂叶和野欧芹编成的桂冠[161]，要不这两样东西对人类就没别的用处了。

我们称我们的时代为注重实用的时代，可没有一样东西的用途弄得明白。我们已经忘了，水可以洗濯洁净，火可以精炼提纯，大地是每个人的母亲。其结果是，我们的艺术关注的是月亮，玩的是影子，而古希腊的艺术关注的是太阳，处理的是实体。我确实感到自然力中蕴含着净化，我想回返它们当中，在苍茫天地间生活。当然，像我这般现代的人，如此一个“时代的产儿”，只要看看世界就总觉得可爱。想到出狱的当天，花园中将是金链花和丁香花争相怒放的时候，我便高兴得发抖。我将看到，风过处，一边流金溢彩风姿摇荡，另一边则舞动簇簇淡紫，为我在空中撒满清香。植物学家林奈[162]双膝跪地，喜极而泣，是因为他第一次看到石南丛生的英格兰高地，当这不起眼的植物开满飘香的黄花时，变成了金灿灿的一片。对于我，花就是向往的一部分，我知道，有眼泪正等在哪朵玫瑰的花瓣间呢。从我孩提时代就总是这样的。在花冠中、在贝壳的曲线上藏着的每一点色泽，我的心性因为对万物灵魂的某种微妙同情，都会与之呼应。就像戈蒂耶，我向来都是那么一个“眼

想到出狱的当天，花园中将是金链花和丁香花争相怒放的时候，我便高兴得发抖。

目所见之世界为其存在”[163]的人。

而且，我现在意识到了，在这所有美的背后，尽管已美得使人满足了，还藏匿着某种精神。而这精神，画笔勾勒的形形色色不过是其表露的方式而已。正是这精神，我想与之达到和谐的境界。关于人和事，说出来的一切已让我厌烦。艺术之奥妙、生命之奥妙、自然之奥妙——这就是我在找寻的。在伟大的交响曲中，在悲怆的启蒙中，在大海的深处，我可能寻得。我绝对有必要在什么地方把它找到。

人所受之审都是永世之审，一如所服之刑都是至死之刑。三次了，我被提审过。第一次我下了被告席遭逮捕，第二次审后我被带回拘留所，第三次把我转到监狱坐两年牢。社会，就我们所组成的社会，将不会有我的安身之处，也给不出我的安身之处；但是大自然，雨丝亲切地同降于义人和小人身上的大自然，将会有岩缝给我藏身，有无人知晓的河谷让我清清静静地痛哭。她会在夜空张挂起星星，让我在外摸黑行走时不致绊倒，再送长风抹平我的脚印，不让人跟踪害我。她将以浩渺之水洁净我，用苦口的药草调治我复原。

在一个月将过，当 6 月的玫瑰开得如痴如狂时，要是我觉得行的话，会通过罗比安排，在国外找个宁静的小城同你见面，像布鲁日这样的地方，那里青灰的房子和碧绿的运河，以及凉爽寂静的小街，都令我心动——那是几年前的事了。到那时你必须换个名字。那个你如此得意的小小头衔，的确使你的名字听着像一种花的名字，必须放弃，要是想见我的话。就像我的名字，曾经为名誉之神津津乐道的名字，我也一样必须舍弃。我们所处的这个世纪，面对它应该担待的责任，显得多么的小气吝啬，心力不足啊！它可以为成功筑起金碧辉煌的殿堂，却不留一处茅屋给悲怆和羞耻容身：为我它能做的只有命我改名换姓，而即使在中世纪，我也会得到一块僧侣的头巾或麻风病人的面布，遮颜求得一份安心。

我希望，一切是非曲直过后，此次会面会像你我见面应该有的那个样子。在过去，你我之间总有一道鸿沟，由于艺术和修养的高下而产生的鸿沟；而现在，横在我们之间有一道更深的鸿沟，那是悲怆的鸿沟。但是，只要心怀谦卑，就万事可成；只要心里有爱，也就天下无难事了。

至于你对这封信的回复，或长或短随你定。信封可写上“雷丁监狱狱长收”。里面再套个信封，别封上，用来放你给我的信。如果信纸薄，就别两面写，否则别人不好读。我给你写信毫无顾忌，你同样也可以这样给我写信。我必须从你那里知道的是，自从前年 8 月到现在，你为什么都不想法给我写封信。特别是后来，去年 5 月，距今是十一个月了，你知道了，也向别人承认你知道，自己让我吃了多少苦，而我也多么清楚这一点。我一个月又一个月地等着你的信。即便我不在等你的信，而是将你拒于门外，你也该记得，谁大概都无法永远将爱拒于门外的。《福音书》中那个不义的法官终究要起来做出公义的判决，就因为公义天天来敲他的门[164];还有那个心中没有真正友谊的人，夜间不肯起身帮朋友，可最后还是“因他情词迫切的直求”而起来了[165]。任何一个世界的任何一座囚牢，爱都能破门而入。这个你要是不明白,那就一点也不理解爱了。然后,把你给《法兰西信使》写有关我的文章一事,统统说来我听。我知道一些。你最好从文章中引出来我听。这是排版铅印了的东西了。而且，告诉我有关你的诗集上题献的原话到底是怎么写的。是散文体，就引那散文;是诗体,就引那诗句。我不怀疑其中有美好的东西。老老实实把你的事情写给我:你的生活、你的朋友、你的职业、你的书。告诉我关于你的集子及外界的反应。你要替自己说什么话，不要怕尽管说。别写言不由衷的话，就这一点。你信中要有什么假的、装的，那语气马上就逃不过我眼睛。我并非瞎忙，并非空忙，一辈子崇拜文学让自己都到了一词一语分毫必究的地步：

> 埋头盯着音节语气，犹如
> 迈达斯盯着他的金币。[166]

也别忘了我还得再认识你。也许我们相互还得再认识呢。

对你本人，我只有最后这个事还要说。不要惧怕过去。假如人们说过去的事无可挽回，你别信。过去、现在和将来，在上帝眼中不过是一个瞬间罢了。我们应该尽量生活在上帝眼中。

时间和空间，延续和拓展，不过是思想的偶然条件罢了。想象能超脱这些，在一个理想存在的自由境界中运行。事物也一样，从本质上说，我们要它们怎样它们就是怎样。一事一物，是什么样子，取决于我们看它的方式。“别人看到的，”布莱克说，“不过是黎明越过了山头，而我看到的，是上帝的孩子在欢欣呐喊。”[167] 当我受不了怂恿对你父亲提出诉讼时，在世人和我自己看来似乎是前程的东西，便无可挽回地失去了；我敢说，真的早在这之前就失去了。摆在面前的是我的过去。我必须使自己以不同的眼光来看待它，使世人以不同的眼光来看待它，使上帝以不同的眼光来看待它。要做到这一点，我不能大事化了，也不能大事化小，对过去既不能褒扬，也不能抵赖；只能将它作为我生命和性格进化中不可避免的一部分，完全接受；只能对我所遭遇的一切痛苦，俯首容受。我距离灵魂的真正气质有多远，这一封信，通过它变化无定的心境，它的冷嘲热讽和痛心疾首、它的抱负以及这些抱负的无可实现，向你表明得很清楚了。但不要忘记，我是在一间多么可怕的学校里做这份功课啊。尽管我不完满，不完美，从我这儿你仍然还可以得到许多。当初你投向我，要学习生活的欢娱，艺术的欢愉。也许冥冥中安排了我来教你某种奇妙得多的东西，悲怆的意义，以及它的美好。

你挚爱的朋友
奥斯卡·王尔德

任何一个世界的任何一座囚牢，爱都能破门而入。

注释

Drabble, Margaret (ed.). 1985. *The Oxford Companion to English Literature*. Oxford: Oxford University Press. (OCEL)

Hart-Davis, Rupert (ed.). 1962. *The Letters of Oscar Wilde*. By Oscar Wilde. London: Rupert Hart-Davis. (RH-D)

Hyde, H. Montgomery (ed.). 1982. *The Annotated Oscar Wilde*. London: Orbis Publishing. (HMH)

1 王尔德的这封长信最早是罗伯特·罗斯（Robert Ross）1905 年以 De Profundis 为名发表的，但篇幅不到原信一半，标题取自《圣经·旧约·诗篇 130》首句:“耶和华啊，我从深处向你求告”。副标题“Epistola: In Carcare et Vinculus”的英文意思为“Letter : In Prison and in Chains”，据他的儿子维维安（Vyvyan Holland）说，这是当初王尔德本人的意思。用 epistola 一词，有点自比古罗马大诗人，或带有模仿供礼拜仪式中选用的使徒书信（epistolary）的意味。1949 年的版本中两个标题一同出现。这封信据 RH-D 所注，说并没有从狱中寄出，而是王尔德出狱那天亲手交给罗伯特·罗斯，委托他代为转寄的。

2 阿尔弗莱德·道格拉斯（Alfred Douglas）早年在玛格德琳学院（Magdalen College）的时候曾因牵涉同性恋被人勒索，向王尔德求助。（HMH）

3 美杜莎（Medusa），也称墨杜萨，是希腊神话中蛇发三女怪之一，任何人看到都会变成顽石，后被英雄珀尔修斯（Perseus）砍头杀死。珀尔修斯是用智慧女神雅典娜所给的盾作镜子去看美杜莎的影子，才没有变成顽石。

4《莎乐美》（*Salomé*）是王尔德于 1893 年用法文创作的剧本。道格拉斯曾将该剧译成英文，但译稿未被王尔德接受。（HMH ; RH-D）

5 怀特俱乐部（White’s）创办于 1693 年，是当时伦敦一个豪华的男子俱乐部。（HMH）

6 威利斯菜馆，全名 Willis’s Rooms，现已不存，曾因举办贵族舞会而闻名。（HMH）

7 约翰·格雷（John Gray，1866—1934），英国诗人、文学家，后信奉天主教并成为神父。皮埃尔·路易斯（Pierre Louÿs，1870—1925），法国诗人、作家。

8《佛罗伦萨悲剧》(*Florentine Tragedy*)和《圣妓》(*La Sainte Courtisane*)是王尔德未能完成的两部短剧。

9 原文 Plain living and high thinking 节选自威廉·华兹华斯(William Wordsworth，1770—1850)的 *Sonnet written in London, September 1802*。(HMH；RH-D)华兹华斯为英格兰诗人，1843 年被授予“桂冠诗人”称号。

10 据称，王尔德这儿所说的对话指的是《谎言的衰朽》(*The Decay of Lying*)。(RH-D)

11 出自《一个无足轻重的女人》(*A Woman of No Importance*)，第三幕。

12 原文 moyen de vivre 英文意为“way of life—the working out of a happy co-existence”，指一种与人为善的处事方式。(HMH)

13 出自佩特(Walter Pater)所著《文艺复兴史研究》(*Studies in the History of the Renaissance*，1873)的结语部分。(RH-D)

14 原文为 Malebolge，在意大利诗人但丁(1265—1321)所作《神曲》(*La Divina Commedia*)第一部《地狱篇》(*Inferno*)中指地狱的第八层。

15 雷斯(Gilles de Retz 或 Rais，1404—1440)，法国元帅，因残害妇孺而臭名昭著。

16 萨德侯爵(Marquis Donatien de Sade，1740—1814)，法国作家，其作品《朱斯蒂娜》(*Justine*)描写变态的性虐待，“虐待狂”(sadism)一词即源于其姓氏，后死在精神病院里。

17 此处指埃斯库罗斯（Aeschylus）的剧本《阿伽门农》（*Agamennon*），引文见剧本 717—728 行。（RH-D）

18 暗指有关同性恋的话题。

19 这里指第七代昆斯伯里侯爵（Marquess of Queensberry，1818—1858），他死于射击意外。后来，他最小的儿子詹姆斯（Lord James Edward Sholto Douglas，1855—1891）自杀身亡。（RH-D）

20 瓦松（Voisin）和帕拉德（Paillard）这两家餐馆毁于第二次世界大战。（HMH）

21 阿尔弗莱德·道格拉斯的长兄德拉姆兰瑞子爵弗兰西斯（Francis, Viscount Drumlanrig），即昆斯伯里头衔的继承人，1894 年 10 月 18 日在萨默塞特郡（Somerset）死于枪支走火。（HMH）

22 见《李尔王》，第五幕，第三场。

23 这里指的是道格拉斯写于 1892 年 9 月的十四行诗《两种爱恋》（*Two Loves*）。诗的最后一行是“不敢说出自己名字的爱”。（HMH）

24 1）海拉斯（Hylas）在希腊神话中是一位美少年，传说他是英雄赫剌克勒斯（Heracles）的宠人和侍卫。一次在水泉边汲水时，因为水泉女神们仰慕他的优雅风姿，将他诱至水底。2）美少年雅辛托斯（Hyacinth 或 Hyacinthus）为阿波罗（Apollo）所钟爱，却被他在掷铁饼时意外杀死。相传雅辛托斯死后，从他的血泊中长出了风信子花。3）琼奎伊尔（Jonquil）即后文的那耳喀索斯，作为花名是水仙花的一种，也有译作“长寿花”。4）希腊神话中那耳喀索斯（Narcisse 或 Narcissus）是一个美少年，传说因为恋上自己在水中的倒影，自恋而死；另一传说因他拒绝接受回声女神（Echo）的求爱而受到惩罚，死后化为水仙花。

25 这里指昆斯伯里长子，他于1893年被册封为凯尔黑德男爵（Baron Kelhead）。（RH-D）

26 阿特金斯（Frederick Atkins）曾在王尔德初次受审时作为原告证人出庭做证。（RH-D）

27 《圣经 · 列王纪》，第22章，第34节。

28 参见《奥赛罗》（*Othello*），第二幕，第一场。

29 《法兰西信使》（*Mercure de France*）是法国的一份文学刊物，其历史可以追溯到17世纪末，1889年以《法兰西信使》为名作为一个文学评论刊物重新出版。

30 原文Fleur-de-Lys为法语，是王尔德对道格拉斯的一个昵称，意为“百合花”，源自道格拉斯写过的一首名为《长寿花与百合花》（*Jonquil and Fleur-de-Lys*）的叙事诗。（HMH）

31 这是王尔德的十四行诗《济慈情书被拍卖有感》（*On the Sale by Auction of Keats' Love Letters*）前八行结尾的诗句。（HMH；RH-D）

32 1895年6月3日，亨利 · 波厄（Henri Bauër）在《巴黎回声》（*Echo de Paris*）上发表了一篇颇有影响的文章，抨击对王尔德的判罪以及英国人的虚伪。（RH-D）

33 撒母耳（Samuel）是《圣经》当中提到的先知。

34 《桑佛德与默顿》（*Sandford and Merton*）是托玛斯·戴（Thomas Day，1748—1789）写于1783年的一本少儿读物。桑佛德（Harry Sandford）与默顿（Tommy Merton）为书中的主人公，二人性格恰恰相反，默顿自私、狡黠而桑佛德慷慨、真诚。

35 这里指的是1895年11月12日王尔德被当众审察，宣告破产一事。（HMH）

36 王尔德的母亲于1896年2月3日去世。

37 原文Non ragioniam di lor，ma guarda，e passa引自但丁《神曲·地狱篇》，第3章，第51行。（RH-D）

38 此处所指可能是1787年发明的“金箔验电器”（the Gold Leaf Electroscope）。（RH-D）

39 没药（myrrh）用于制香和香水，肉桂（cassia）指芳香的肉桂树树皮。

40 康姆纳（Cumnor）是牛津西面的小村庄。

41 布兰卡·德奥里亚（Branca d'Oria）是诗人但丁笔下的人物，见《神曲·地狱篇》，第33章，第135—147行。

42 爱德文·列维（Edwin Levy）可能是一个放债人或私家侦探。（RH-D）

43 艾尔弗列德·奥斯汀（Alfred Austin，1835—1913）在1896年继丁尼生（Lord Tennyson）之后成为桂冠诗人。

44 斯特利特（George Slythe Street，1867—1936），记者、作家，也是官

方戏剧评审人之一，著有《男孩自传》（*The Autobiography of a Boy*，1894）等书。

45 艾丽斯·梅纳尔（Alice Meynell，1847—1896），英国散文作家及诗人。

46 见王尔德作品《道连·格雷的画像》（*The Picture of Dorian Gray*），第15章。（RH-D）

47 语出“the slings and arrows of outrageous fortune”，《哈姆雷特》（*Hamlet*），第三幕，第一场“to be or not to be”一段独白。（HMH）

48 1897年2月12日，王尔德的妻子康斯坦丝·王尔德（Constance Wilde）向法院申请拥有两个孩子西里尔（Cyril）和维维安（Vyvyan）的监护权并成为他们的监护人。法官将监护权判给了康斯坦丝，而王尔德未经监护人许可不得探视孩子们或与他们联系。（HMH；RH-D）

49 原文 glimpses of the moon 一语出自《哈姆雷特》，第一幕，第四场。

50 语出翰利（W. E. Henley）的诗作 *Invictus*，原文为“I am the master of my fate；/ I am the captain of my soul.”。

51 引自威廉·华兹华斯的唯一剧作《边民》（*The Borderers*）第三幕，与原文稍有出入。

52 “新生”指王尔德想象中出狱后那种谦卑的生活基调，语出但丁的诗作《新生》（*La Vita Nuova*），即但丁1283—1293年间写给他心目中的女子贝雅特丽齐（Beatrice）的那首情诗。（HMH）

53 语出《一个无足轻重的女人》，第四幕。

54 扯麻絮是将旧绳子撕开扯松，变成蓬松的麻絮，可用于填嵌船只的接缝处。（HMH）

55 语出《一个无足轻重的女人》，第四幕，原句为“For me the world is shrivelled to a palm's breadth.”。

56 指沃尔特·佩特（Walter Pater）1873 年版《文艺复兴史研究》中《米开朗琪罗的诗》（*The Poetry of Michelangelo*）一篇。（HMH；RH-D）

57 此处王尔德所引原文见《神曲·地狱篇》，第 7 章，第 121—122 行。H. F. Cary 的英文译文为：“Sad once were we，/ In the sweet air made gladsome by the sun.”。（HMH；RH-D）

58 语出《神曲·炼狱篇》，第 23 章，第 81 行。（RH-D）

59 此处为卡莱尔（Thomas Carlyle）所译歌德的《威廉·迈斯特的学习时代》（*Wilhelm Meister's Apprenticeship*），第 2 部，第 13 章。王尔德的引文与卡莱尔的英文译文个别词有出入，midnight、waiting 和 Heavenly 在卡莱尔译文中分别为 darksome、watching 和 gloomy。（HMH；RH-D）

60 典出普鲁士国王弗里德里希·威廉三世（King Fredeic William III）的妻子路易莎（Louisa，1776—1810）的遭遇。据说，她和丈夫在耶拿会战（the Battle of Jena，1806）后出逃途中，曾将这些诗句抄写下来带在身上。普鲁士在 1807 年全面战败后，她曾赶往提尔西特（Tilsit）请求拿破仑从宽发落，可是拿破仑从头到尾都想损坏她的名声，但未能得逞。（RH-D）

61 语出斯温伯恩（Algernon Charles Swinburne）1866 年版《诗歌与谣曲》（*Poems and Ballads*）中的《别离》（*Before Parting*）篇的首句。

62 指阿黛拉·舒斯特（Adela Schuster）。她因身形矮小而被人们戏称为 Miss Tiny，但为人敏锐豪爽，曾为了使王尔德免于破产给他寄过 1 000 英镑。（HMH；RH-D）

63 引自威廉·华兹华斯 1814 年的《漫游》（*The Excursion*），第 4 部，第 139 行。

64 语出《圣经·使徒行传》，第 3 章，第 2 节。

65 旧俗，以灰撒头以示悲哀或悔恨。参见《圣经·撒母耳记下》，第 13 章，第 19 节。

66 《快乐王子》（*The Happy Prince*）与《少年国王》（*The Young King*）都是王尔德写的童话故事。

67 《伊壁鸠鲁信徒马利乌斯》（*Marius the Epicurean*）是沃尔特·佩特的一部哲理小说，出版于 1885 年，小说体现了作者本人对异教和基督教及其艺术的反思。（OCEL）

68 参见佩特 1889 年发表的《鉴赏篇》（*Appreciations, with an Essay on Style*），其中对华兹华斯的评论有一句写道："To witness this spectacle [of those great facts in man's existence]with appropriate emotions is the aim of all culture；and of these emotions poetry like Wordsworth's is a great nourisher and stimulant."。

69 马修·阿诺德（Matthew Arnold）1873 年在《文学与教条》（*Literature and Dogma: an Essay towards a better Appreciations of the Bible*）第 12 章中说过："But there remains the question what righteousness really is. The method and secret and sweet reasonableness of Jesus."。（RH-D）

70 1）尼禄（Nero，37—68），罗马暴君。2）泽扎·博尔吉亚（Cesare Borgia，1475—1507），教皇亚历山大六世即罗德里格·博尔吉亚（Rodrigo Borgia，1431—1503）的儿子。3）教皇亚历山大六世在位期间，采取种种政治阴谋和暗杀手段来扩张其家族的财势，使罗马教庭声名狼藉。4）这里身兼罗马皇帝和太阳神祭司的人指的是黑利阿加巴卢斯（Emperor Heliogabalus），又名埃拉加巴卢斯（Elagabalus），218—222 年间在位，是所有罗马皇帝中最荒淫放荡的一个。

71 见《圣经·马可福音》，第 5 章，第 5、9 节。

72 语出亚里士多德（Aristotle）的《诗学》（*Poetics*），第 13 章。（HMH；DH-D）

73 语出弥尔顿（John Milton）的诗《幽思的人》（*Il Penseroso*）。（RH-D）希腊神话中，底比斯城（Thebes）的俄狄浦斯王（Oedipus）去位之后，应其预言，他的两个孪生子便因争夺王位连年战乱，直至双双战死。吕底亚王（King of Lydia）珀罗普斯（Pelops）为了赢得皮萨（Pisa）国王俄诺玛俄斯（Oenomaus）的女儿希波达弥亚（Hippodamia）而与俄诺玛俄斯决斗，由于珀罗普斯买通了为俄诺玛俄斯驾驭战车的密耳提罗斯（Myrtilus），密耳提罗斯抽去了主人战车上的销钉，最后珀罗普斯取得了胜利。但珀罗普斯并未兑现给密耳提罗斯半个王国的诺言，而是将密耳提罗斯从悬崖上推入海里淹死。（HMH）

74 见亚里士多德《诗学》，第 13 章。（RH-D）

75 见弥尔顿创作于 1643 年的假面剧《科玛斯》（*Comus*），第 478 行。（HMH；RH-D）阿波罗因为弹奏里拉琴而又被尊为音乐之神。

76 厄尔耐斯特·勒南（Ernest Renan，1823—1892），法国学者、评论家、

作家，以对耶稣基督的“人”化研究而著名。这里指其出版于 1863 年的著作《耶稣的一生》（*Vie de Jésus*）的第 28 章。（HMH）

77 马修·阿诺德（Matthew Arnold）的《南方之夜》（*A Southern Night*）中有诗句：“We who pursue / Our business with unslackening stride / … / And never once possess our soul / Before we die.”。

78 拉尔夫·沃尔多·爱默生（Ralph Waldo Emerson，1803—1882），美国散文作家、诗人，19 世纪重要的思想家。此处引文出自爱默生的《传教士》（*The Preacher*）中的这段话：“But besides the passion and interest which pervert，is the shallowness which impoverishes. The opinions of men lose all worth to him who perceives that they are accurately predictable from the ground of their sect. Nothing is more rare，in any man，than an act of his own.”。

79 典出《圣经·马太福音》，第 5 章，第 44 节。

80 典出《圣经·马太福音》，第 19 章，第 2 节。

81 1302 年，但丁因遭人诬陷而被逐出佛罗伦萨。（HMH）

82 夏尔·波德莱尔（Charles Baudelaire）是法国浪漫派诗人。这里的诗句出自他最著名的作品《恶之花》（*Les Fleurs du Mal*，1857）中《库忒拉岛之行》（*Un Voyage à Cythère*）的结尾，英文译为：“O Lord，give me the strength and / courage / To look at my body and my heart without / disgust. ”。（HMH；RH-D）

83 王尔德对于“石榴”的意象似乎情有独钟，曾屡次在自己的诗歌、短篇小说及长篇小说《道连·格雷的画像》中写到“石榴般的嘴”

（pomegranate mouths）。通常认为石榴象征着夫妻恩爱并育有子嗣，吃石榴籽可以让夫妻永不分离，更有认为石榴切开之后的颜色是最完美的唇色。（HMH）

84 埃斯库罗斯（Aeschylus，前 525— 前 456），诗人、剧作家，希腊悲剧之父。据历史记载，他的贡献包括在单一演员的舞台上引进第二演员，改良戏剧服装和面具，使面具显得更生动，用起来更方便。

85 玛耳绪阿斯（Marsyas）是传说中小亚细亚一个地方河神，善于吹奏笛子，他捡到了女神雅典娜（Athena）丢弃的芦笛（reed）—— 许多神话注释都用的是“flute”（长笛）一词，此处用芦笛以别现代乐器中的长笛。据说那支芦笛是雅典娜发明的，但奥林匹斯山的众神嘲笑她吹奏技巧拙劣，雅典娜于是将那支芦笛施了符咒之后扔掉了。玛耳绪阿斯得到它后，要与因弹奏里拉琴而被尊为音乐之神的阿波罗进行一场音乐比赛，胜者可以任意处罚失败一方。结果阿波罗赢了比赛，玛耳绪阿斯被活活剥皮至死，于是有了“里拉琴征服了芦笛”的说法。据 HMH，王尔德这里是参照但丁在《神曲 · 天堂篇》（第 1 章，第 20 行）中对这个神话故事的叙述。

86 底比斯国王安菲翁（Amphion of Thebes）的妻子尼俄柏（Niobe）以子女众多而自居， 她因瞧不起阿波罗的母亲勒托（Leto）只生了两个孩子，而被阿波罗杀死了她所有的孩子。

87 阿剌克涅（Arachne）是吕狄亚（Lydia）的一名女子，向自己的纺织老师女神雅典娜挑战，比赛纺织技艺。雅典娜因挑不出阿剌克涅的毛病，也因为她作品题材涉及众神的风流韵事而发怒，撕毁她的作品后以手触其额头使她后悔而上吊自杀。雅典娜于是便将她变成蜘蛛，令她及其后代永世悬挂空中，编织不辍。

88 宙斯（Zeus）的妻子赫拉（Hera）因宙斯与伊俄（Io）的暧昧关系，派百眼巨人阿耳戈斯（Argus）去监视他们。宙斯为了避开赫拉的耳目将伊俄变成一头母牛，于是赫拉要求宙斯将母牛作为礼物送给了她，并让阿耳戈斯守着伊俄不让她变回原形。后来宙斯派赫耳墨斯（Hermes）想办法杀死了阿耳戈斯使伊俄脱身，赫拉将阿耳戈斯的百眼装在了自己的圣鸟孔雀的尾羽上。

89 在希腊神话中，德美特（Demeter）是宙斯的一个姊妹，地狱女神珀尔塞福涅（Persephone）的母亲，担当丰产和农业女神，也称为“大地母亲”（Mother Earth）。

90 酒神兼丰产之神狄俄倪索斯（Dionysus）是底比斯国王卡德摩斯（Cadmus of Thebes）的女儿塞墨勒（Semele）与宙斯所生的儿子。在希腊艺术中，他的形象是一个形体很女性化的少年。

91 原文为 the mother of Proserpina，即德美特，罗马人所称的普洛塞庇娜就是希腊神话中的地狱女神珀尔塞福涅。塞墨勒的儿子即狄俄倪索斯。

92 喀泰戎山（Mount Cithaeron）是为纪念酒神狄俄倪索斯而举行祭礼的地方。恩那草地（meadows of Enna）在普洛塞庇娜被地狱和冥国统治者哈德斯（Hades，又称 Pluto）抓走的地方。（HMH；RH-D）

93 语出《圣经 · 以赛亚书》，第 53 章，第 3 节。

94 伟大的罗马诗人维吉尔（Virgil，前 70 — 前 19）在中世纪时备受推崇。有人认为维吉尔在其《牧歌》（*Eclogue*，约创作于公元前 40 年）中已经预言了耶稣基督的来临，此处参见《牧歌》第四首中“iam redit et Virgo”句。（HMH；RH-D）

95 见《圣经·以赛亚书》，第 52 章，第 14 节。

96 1）原文“十五世纪”（quattrocento）是意大利文，字面意为“四百”。但此词专指 15—19 世纪的意大利文学艺术时期，因为那是早期文艺复兴的重要阶段。2）爱德华·伯恩-琼斯爵士（Sir Edward Burne-Jones，1833—1898），威尔士画家，属前拉斐尔（Pre-Raphaelite）时期风格。他在绘画中大量运用中世纪意象，散发着一种浪漫的神秘主义色彩。他生前享誉英格兰画坛，死后影响力却更多地表现在教堂彩色玻璃的装饰设计领域内。3）威廉·莫理斯（William Morris，1834—1896），英格兰艺术家、散文作家，风格大体属于前拉斐尔时期，他制作的家具、地毯及装饰挂毯为当时的艺术创作树立了榜样，并以此提高了维多利亚时代中产阶级的艺术品位。4）魏尔伦（Paul Marie Verlaine，1844—1896），法国诗人，法国象征主义运动的先锋，其诗歌以音乐性和“明朗与朦胧相结合”而著称。但其生活放荡不羁，因与兰波（Arthur Rimbaud）的同性恋情而声名狼藉（HMH；RH-D）。5）乔托钟塔（the Tower of Giotto）位于佛罗伦萨大教堂右方，由意大利文艺复兴初期画家、雕塑家和建筑师乔托（Giotto di Bondone，1267—1337）开始兴建，他死后由弗朗切斯科·塔伦悌（Francesco Talenti）最终完成。6）兰斯洛特（Lancelot）是亚瑟王（King Arthur）最宠爱的武士；而格温娜维尔（Guinevere）是亚瑟王王后，后来成了兰斯洛特的情人。7）汤豪泽（Tannhäuser,1200?—1270?），德国吟游诗人，后来德国作曲家瓦格纳（Richard Wagner，1813—1883）根据汤豪泽的个人经历作成歌剧《汤豪泽》（*Tannhäuser*）。

97 引自弗兰西斯·培根（Francis Bacon）的《论美》（*Of Beauty*），原文为：“There is no excellent beauty，that hath not some strangeness in the proportion.”。

98 见《圣经·约翰福音》，第 3 章，第 8 节。

99 见《仲夏夜之梦》(*A Midsummer Night's Dream*),第五幕,第一场。

100 见《道连·格雷的画像》,第 2 章。

101 拉丁文,意思是"原话"。(HMH)

102 查密迪斯(Charmides)是柏拉图 *Charmides, or Temperance* 对话录里的中心人物,他在对话中以美男子形象出现,代表"温和"这一主题。在王尔德同名的长诗中,他却以一个虚构的人物形象出现。(RH-D)

103 见《圣经·约翰福音》,第 10 章,第 11 和 14 节。

104 见《圣经·马太福音》,第 6 章,第 28 节。

105 见《圣经·约翰福音》,第 19 章,第 30 节。

106 参见《圣经·马可福音》,第 7 章,第 26—30 节。

107 见威廉·华兹华斯的《漫游》一诗,第 4 部分,第 763 行,原句为:"We live by Admiration, Hope and Love ; / And, even as these are well and wisely fixed, / In dignity of being we ascend."。

108 原文 Domine, non sum dignus 是拉丁语,英语意思为"Lord, I am not worthy."。神父在弥撒中拿起代表圣体的圆饼时,会以手捶胸说:"Lord, I am not worthy that thou should enter under my roof ; say but the word, and my soul shall be healed."。(HMH)

109 HMH 认为,基督曾用"flower-like lives"来隐喻儿童,关于这一点可参见《圣经·马可福音》,第 10 章,第 14 节。(HMH)

110 参见 HMH 的译文："like a little girl who lies around weeping and laughing"。见《神曲·炼狱篇》第 16 章，第 86—87 节。（HMH；RH-D）

111 参见《圣经·马太福音》，第 6 章，第 34、25 节。

112 见《圣经·路加福音》，第 7 章，第 47 节。

113 典出《圣经·路加福音》，第 16 章，第 20—25 节。

114 典出《圣经·马太福音》，第 20 章，第 1—16 节。

115 见《圣经·约翰福音》，第 8 章，第 7 节。

116 原文中 philistinism（庸人）一词英文中最早见于马修·阿诺德《评论文集》（*Essays in Criticism*），书中他把海涅（Heine）描述为"a progressive, a lover of ideas and hater of Philistinism, ..."。非利士人（the Philistines）据说原本来自爱琴海域（Aegean），公元前 12 世纪占据了巴勒斯坦（Palestine）西南海岸的一部分，19 世纪以后 Philistine 一词才用于指那些没有文化修养的人，常作"庸俗市侩"解。（HMH）

117 典出《圣经·马太福音》，第 23 章，第 27 节。

118 参见《圣经·路加福音》，第 11 章，第 42 节。按土地年产量十分之一的比例纳税，即"什一税"。

119 典出《圣经·路加福音》，第 7 章，第 36—50 节。王尔德认为《圣经》故事中，耶稣在法利赛人西门（Simon，the Pharisee）家里用餐时用香膏为耶稣涂抹双脚的无名的女人就是 Mary Magdalen；路得（Ruth）是《旧约》第 7 卷《路得记》（*The Book of Ruth*）中的女主人公；贝雅特丽齐是但丁早年爱慕的对象，也是他作品《神曲》中的灵感来源。

120 囚犯救援会（Prisoners' Aid Society），在 1918 年以前的英格兰并没有这样的全国性组织。原先只有许多散落各处的地方性机构，最后才普及每一个监狱。（HMH）

121 这里原文的 publican 指征税的税吏。The Pharisees，字面的意思是“有别于世人之人”，引申为“道学先生”，他们主张严格根据犹太法律中的字眼来规范自己的生活和行为，故自认为比其他人更圣洁。但在福音书中，他们却常被基督斥为虚伪之徒。（HMH）

122 参见 J. Bywater（希腊文）与 H. Rackham（英文）所编译的 *Aristotle, Nicomachean Ethics*，其中有这样一段话 :“This only is denied even to God，/ The power to make what has been done undone.”。

123 浪子回头典出《圣经 · 路加福音》，第 15 章，第 11— 32 节。

124 原文 *Liber Conformitatum*（《认证书》）是比萨神父巴托洛莫（Fr. Bartholomew of Pisa）写于 14 世纪、出版于 1510 年的一部大型编辑著作，用以说明基督和圣方济各（St Francis）生平的相似之处。（HMH; RH-D）

125 原文 *Imitatio Christi*，英译为 *The Imitation of Christ*（《师法基督》），是一部拉丁文写成的宗教经典。（HMH）

126 典出《新约 · 路加福音》，第 24 章，第 13—16 节，以马忤斯村（Emmaus）是一村庄名，距离耶路撒冷约二十五里，耶稣复活后，在两个门徒去这个村子的路上向他们显身，与他们同行。

127 在古希腊城市特尔斐（Delphi）阿波罗神殿（Temple of Apollo）的大门上方，用希腊文铭刻着“认识你自己”这句话。（HMH）

128 根据《圣经》记载，基士（Kish）的儿子名叫扫罗（Saul），后成为以色列的第一个国王。基士丢了几头驴，让扫罗带着一个仆从去找，多方寻找不见，仆从说城里有一位先知也许可以帮助他们，两人于是来到这座城市。所说的先知就是撒母耳，耶和华（Jehovah）早已向他预示扫罗就是神选来拯救以色列人脱离非利士人压迫的君王，于是撒母耳告诉扫罗驴已经找到了，并走过去将香膏涂在他身上，以示他将是以色列的君王。故事见《撒母耳记上》，第 9 章，第 1—27 节和第 10 章，第 1—8 节。

129 克鲁泡特金亲王（Prince Peter Alexeievitch Kropotkin，1842—1921），俄国作家、无政府主义者，曾因政治原因而遭监禁。（HMH；RH-D）

130 塔西佗（Cornelius Tacitus，约 55—120），公元 1 世纪古罗马政治家和历史学家，著有《历史》（*Histories*）和《编年史》（*Annals*），主要记述了自加尔巴（Galba，前 3—69）至图密善（Domitian，51—96）历代罗马皇帝的生平及其时代背景。

131 阿尔方斯 · 德 · 拉马丁（Alphonse de Lamartine，1790—1869），法国浪漫主义运动时期的诗人和政治家。

132 爱德华 · 伯恩-琼斯爵士（Sir Edward Burne-Jones，1833—1898），威尔士画家，属前拉斐尔时期的风格。

133 卡利克斯（Callicles）是马修 · 阿诺德的戏剧诗《恩培多克勒在埃特纳火山》（*Empedocles on Etna*，1852）中的一个年轻的竖琴手。

134 语出马修·阿诺德的诗《恩培多克勒在埃特纳火山》，原诗行为："Oh，that Fate had let me see / That triumph of the sweet persuasive lyre! / That famous，final victory / When jealous Pan with Marsyas did conspire!"。

135 《色希斯》（*Thyrsis*，1866）是马修·阿诺德为悼念亡友阿瑟·休·克拉夫（Arthur Hugh Clough，1819—1861）而作的一首挽歌；《吉卜赛学者》（*The Gipsy Scholar*）是他在 1853 年写的一首诗，此诗是根据牛津流传的一个古老传说而作，是说很久以前牛津的一个大学生倦于追求功名，离开校园跟随吉卜赛人学习吉卜赛民俗歌谣，据说他的幽灵至今仍徘徊于牛津乡间。（HMH）

136 原文 the Phrygian Faun 一语典出马修·阿诺德《恩培多克勒在埃特纳火山》，诗中有"There the Phrygian brought his flutes，/ And Apollo brought his lyre"与"Then Apollo's minister / Hang'd upon a branching fir / Marsyas，that unhappy Faun，/ And began to whet his knife"这样的诗句，由此可见，那位"弗里吉亚古国的半人半羊之神"指的就是玛耳绪阿斯。

137 参见王尔德《意图》（*Intentions*）中《作为艺术家的批评家》（*The Critic as Artist*）一文，文中有这样的话："We come across some noble grief that we think will lend the purple dignity of tragedy to our days, …"。

138 参见爱默生（Ralph Waldo Emerson）《论经验》（*Essay on Experience*）中一语："It is said，all martyrdoms looked mean when they were suffered."。

139 王尔德被从瓦兹华斯监狱（Wandsworth Prison）转到雷丁监狱（Reading Prison）的实际日期为 11 月 20 日。（HMH；RH-D）

140 见王尔德《道连·格雷的画像》，第1章。

141 埃里厄尔（Ariel）是莎士比亚戏剧《暴风雨》（*The Tempest*）中随侍米兰大公普洛斯彼罗（Prospero）的“快乐精灵”，而卡利班（Caliban）则是剧中野蛮、畸形的奴仆。

142 克里伯恩（Clibborn）与阿特金斯（Atkins）都是职业敲诈犯，他们曾从阿尔弗莱德·伍德（Alfred Wood）手里得到了王尔德写给道格拉斯的足以作为罪状的那封信。（HMH；RH-D）

143 1）切利尼（Benvenuto Cellini，1500—1571），意大利有名的金匠，最杰出的代表作是他为法兰西国王弗兰西斯一世（Francis I）制作的金盐盒。他的自传也一直为人称道。2）戈雅（Francisco de Goya y Lucientes，1746—1828），西班牙艺术家，早期生活充满了情爱与格斗。

144 这是巴尔扎克（Balzac）发表于1843—1847年间的小说《交际花盛衰记》（*Splendeurs et Misères des Courtisanes*）第3部分中引题的最后几个词，英文意思是“that is where the paths of evil lead”（此乃邪路所达之处），指的是主人公吕西安·德·吕庞泼莱（Lucien de Rubempré）的堕落及其自杀的结局。（HMH）

145 阿尔弗莱德·伍德是一个职业敲诈犯，他曾在王尔德审讯中提供证词。（RH-D）

146 1）穆尔·艾狄（William More Adey，1848—1952），罗伯特·罗斯的挚友。2）罗伯特·舍拉德（Robert Harbourough Sherard，1861—1943），王尔德的密友，第一个撰写王尔德传记的人。3）福兰克·哈利斯（Frank Harris，1856—1931），作家、编辑和冒险家，1886年后任《双周评论》（*The Fortnightly Review*）的编辑。4）阿瑟·克里福顿（Arthur

Bellamy Clifton，1862—1932），律师，后成为艺术品商人。

147 原文为 Madame Roland，即“蓝袜子”才女和沙龙女主人罗兰夫人（Manon Jenne Phlipon，bluestocking and hostess，1754—1793），1781 年同让·马里·罗兰（Jean Marie Roland，1734—1793）结婚，法国大革命时曾任职政府。后来因同马拉（Marat）发生冲突，夫妇被捕入狱。她在巴黎裁判所附属监狱（Conciergerie）中写成自己的《回忆录》（*Memoirs*），之后在断头台丧命，留下名言“啊，自由！多少罪假汝之名行世！”，其夫两天后自杀身亡。（RH-D）

148 乔治·怀恩德汉（the Rt Hon. George Wyndham，1863—1913），是斯科恩·怀恩德汉（the Hon. Percy Scawen Wyndham）之子，其祖父为第一代莱肯菲尔德勋爵（Lord Leconfield）。（RH-D）

149 昆斯伯里 1887 年与第一任妻子离婚后于 1893 年娶了一位名叫埃塞尔·威登（Ethel Weeden）的小姐，后者于 1894 年 10 月 24 日获得法庭宣判婚姻无效的裁决。（RH-D）

150 据 RH-D 所说，王尔德出版过的剧本中并没有说过这样的话，可是在他的一个笔记本中确实记载着不少警句和简短的发言，很多后来都出现在他的剧本里，其中确有一句是：“England-Caliban for nine months of the year Tartuffe for the other three.”。但在《一个无足轻重的女人》第三幕开场一个长篇演讲中确实曾有这样的话，后来王尔德受特里劝说将其删除。参见 1956 年版赫斯基思·里尔森（Hesketh Rearson）著《比尔博姆·特里》（*Bearbohm Tree*）一书，第 69 页。

151 亚德里安·霍普（Adrian Hope，1858—1904）是王尔德的妻子康斯坦丝·王尔德（Constance Wilde）的堂兄弟，1897 年，法官将孩子的监护权判给了康斯坦丝，而由霍普和王尔德的妻子共同担当他们的监

护人。（HMH；RH-D）

152 此处指古希腊犬儒学派（Cynicism）哲学家第欧根尼（Diogenes，前 412—前 323），据古罗马斯多葛学派（Stoic）哲学家塞涅卡（Seneca, 前 4—公元 65）所言，第欧根尼是住在大木盆里。（HMH；RH-D）

153 这里指副检察长弗兰克·洛克伍德爵士（Sir Frank Lockwood，1847—1897），他在王尔德的第二次审讯中担任公诉人。（HMH；RH-D）

154 萨沃那洛拉（Girolamo Savonarola，1452—1498），佛罗伦萨的修士，著名的宗教改革家，曾因抨击教皇亚历山大六世的倒行逆施，在教皇指使下被捕，受尽折磨后被处以火刑。

155《意图》（*Intentions*）出版于 1891 年，是一部王尔德文集，收有他的四篇文章：《谎言的衰朽》（*The Decay of Lying*）、《水笔、铅笔与毒药》（*Pen, Pencil and Poison*）、《作为艺术家的批评家》（*The Critic as Artist*）和《面具的真相》（*The Truth of Masks*）。此处指《作为艺术家的批评家》的第 2 部分。（HMH）

156 引自亚历山大·史密斯（Alexander Smith）的《生活剧》（*A Life-Drama*）第二场。原文是 "like a pale martyr in his shirt of fire"（像个身着火之裳的苍白殉道士）。（RH-D）

157 此处布鲁图（Brutus）是指马库斯·尤尼乌斯·布鲁图（Marcus Junius Brutus，前 85— 前 42），罗马贵族政治家，刺杀恺撒的主谋。

158 安吉罗（Angelo）是莎士比亚戏剧《一报还一报》（*Measure for Measure*）中的维也纳副大公（lord-deputy of Vienna）；答尔丢夫

（Tartuffe）是莫里哀（Molière）笔下的伪君子和骗子。

159 《论友谊》（*De Amicitia*）这一拉丁文经典著作是古罗马作家西塞罗（Marcus Tullius Cicero，前106—前43）的作品，他生前最喜欢住在罗马东南面的图斯库卢姆（Tusculum）的别墅中，据称就是在这所别墅中举行了一系列著名的讨论，其著作《图斯库卢姆谈话录》（*Tusculanae Disputationes*）就源自那些讨论。（HMH）

160 欧里庇得斯（Euripides，前480—前406），公元前5世纪古希腊剧作家，写有两部有关特洛伊（Troy）战争中希腊联军统帅阿伽门农（Agamemnon）的女儿伊菲革涅亚（Iphigenia）和妻子克吕泰墨斯特拉（Clytemnestra）的悲剧。埃斯库罗斯（Aeschylus，前525—前456）与索福克勒斯（Sophocles，前496—前406），以及后来的拉辛（Racine，1639—1699）和歌德（Goethe，1749—1832）也都曾写过关于伊菲革涅亚的悲剧，而格鲁克（Gluck，1714—1787）则围绕她的题材创作过两部歌剧。王尔德的引文出自欧里庇得斯两部悲剧的第二部《伊菲革涅亚在陶罗人里》（*Iphigenia in Tauris*），第1193行。（HMH）

161 月桂或干月桂最早是希腊人心目中胜利的象征，到了罗马时代，人们会为比赛中的获胜者或优秀诗人戴上月桂树叶编成的头冠，凯旋的战士们手臂上也会有月桂装饰。

162 林奈（Carolus Linnaeus，1707—1778），瑞典博物学家，他的《自然系统》（*Systema Naturae*，1735）建立了后来对植物的林奈氏分类法。

163 原文 pour qui le monde visible existe 的英文意思是 “for whom the visible world exists”（眼目所见的世界为他存在）。语出《龚古尔日记》（*Goncourt Journal*）。（RH-D）

164 典出《圣经 · 路加福音》，第 18 章，第 1—8 节。

165 典出《圣经 · 路加福音》，第 11 章，第 5—8 节。

166 引自济慈（John Keats，1795—1821）《关于十四行诗的十四行诗》（*Sonnet on the Sonnet*）。迈达斯（Midas），相传为古代弗里吉亚（Phrygia）的国王，他帮助酒神兼丰产之神狄俄倪索斯找回了他的精灵老师西勒诺斯（Silenus），作为酬谢，狄俄倪索斯满足了他点物成金的愿望，结果他一碰到食物，食物就变成了金子，于是他又祈求狄俄倪索斯收回恩赐。“The Midas touch”即来源于此传说。

167 源自布莱克（William Blake，1757—1827）的作品《末日审判的光景》（*A Vision of the Last Judgment*），原句为：“What,” it will be questioned，“When the sun rises，do you not see a round disk of fire somewhat like a guinea?” O no no，I see an innumerable company of the heavenly host crying “Holy Holy Holy is the Lord God Almighty.”。

译后记

是一些年前的事了，当时还在新加坡国立大学教书。1997年6月间，接到北京人民文学出版社苏福忠先生约稿，翻译王尔德的 *De Profundis*，说是收入由他任责编的《王尔德作品集》(2000)，那是该社“纪念唯美大师王尔德逝世一百周年”出版计划的一个项目。要三个月内交稿，时间是紧了点，而且当时正准备去英国开会兼访友。但是想想自己读了几年博士，研究的是翻译，又是功能语言学又是文体学什么的，干吗不拿这位“唯美大师”从人生巅峰跌入谷底后的披肝沥胆之作，来检验一下自己对翻译的研究心得呢？于是乎，揣上一本图书馆借来的原作，就飞机上、火车上的开始做起功课来。

半个月后回到新加坡，白天在大学教书行政如仪，晚间独处一室，依书循典、借酒催笔——其实是敲键盘——地忙起来了。一百来个日子过后，总算交出译稿。第二年，用朋友的话说是“回归香港”，开始在香港城市大学任教。这时又收到苏先生来信，说是中国文学出版社要出的《王尔德全集》(2001)

想改用我的译文。我不禁受宠若惊，暗自寻思自己在文本研究的心得启发下完成的翻译，到底有哪些可以圈点的地方。想来原因都是很简单的。最基本的无非是两点：文本内，追寻语言通过音形意手段，在句子的信息结构内所突出的焦点，以及焦点分布所产生的文体效果；文本外，追寻互文网络所提供的引发文化想象的整体效应。

比如标题 De Profundis 的翻译。原文是拉丁语，类似中文采用古文一样，显得庄重古雅，其“陌生化”所突出的效果，有引起读者注意和产生联想的文化效应，而且因为取自《圣经·旧约·诗篇 130》的首句，联想更有所本。《圣经》原句的英文为“Out of the depths I cry to thee, O LORD!”，中文是“耶和华啊，我从深处向你求告”(《圣经》公会版，2006 年，香港)。顺着这条互文线索，似乎可以译为“从深处”，而且这也是当时提供给我的中文标题。后来到香港后发现其他译文有“狱中记”，借助的似乎是中国历史的互文网络，文字平实但与内容不甚符合，因为原作并非“狱中纪实”之类的文字。那么“从深处”呢？以效果看，这三个字的音形意足以暗示读者，他们行将注目侧耳的，是一篇发自牢底心底的痛彻肺腑的呼告和言说吗？答案当然是见仁见智。后来见到还有译文以“深渊”代替“深处”，也许是为了让标题触目而希望令读者动心吧。出于同一理由，我便考虑以叠字的节奏来突出“深”度。“深深”一出，中文诗歌的互文网络似乎开启了更丰富的诉诸性情的链接：远有欧阳修经典的《蝶恋花》句“庭院深深深几许”，近到当代流行歌词的“回到记忆深深处”（柳重言）。走笔至此，不禁想起我当年在福建师大的硕士导师、已故许崇信教授早年的一个精辟论点：“译文所以能和原文一样充满感情色彩，是因为它在汉语的文艺土壤里获得深厚的历史背景情味的支持，使人有丰富的联想：联想越丰富，感情的民族源泉之流也就越长。”（《文艺翻译中若干理论问题的探讨》，《福建师范学院学报》1962 年第 3 期，第 81 页）。至于最后的选择：平声的“从”还是仄声的“自”，或轻巧或凝重，或从容或幽切，则是留给个人听觉深处对音律的偏好，因而是一个不无奢侈的节奏的斟酌了。

出于反思而去温故，出于好奇而求知新，也为了探究翻译理论和实践的关系，我报了个研究项目，比较原作和译文，借助理论提供的基本概念，以期发现有趣的翻译现象。项目得到香港城市大学资助（项目编号 7100174），顺利完成。其后成品在试用中发现有改善余地，于是同另一个类似项目结合，又报了个旨在提高完善质量及总结经验的综合项目，也获得资助（项目编号 7001724）。最终以这个译文为语料设计开发出一个机助翻译教学系统的雏形，2009 年又获得香港城市大学教学发展基金赞助（项目编号 6000304），全面扩充开发，形成一个综合的翻译教学平台“联导在线”。

在各个项目的实施过程中，我有幸聘请到亦师亦友、多年在英国利兹大学从事中文和翻译教学研究的叶步青博士，他在退休后加入项目组助我一臂之力，参与项目工作。在对《自深深处》做第一轮的文本细读时，正逢我在澳大利亚 La Trobe 大学高等研究院为访问学人，叶博士在香港独立逐字逐句比较原文译文，而我作为译者，随时准备越洋“有问必答”，将翻译当中的种种考虑亮出来供讨论剖析，若有需要，再行修改。这样的第一轮讨论，对译者而言，就成了面对理论和具批判意识的读者及评论者的一个反思反省的过程；第二轮中，译者共同参与编辑修订。自始至终，个人译文和翻译操作中的理论参考都置于批判性的反思与审视之下，以此来进一步提高译文的质量。当然，若有错误，责任在我。

也许应了功夫不负有心人的传统智慧吧，译林出版社接受了这个更新的译本，当时的主编刘锋先生决定，由孙茜任责编，出版带朗读和电脑教学系统的中英对照单行本（2008）。但需要强调的是，大凡翻译，不可能希望哪个译作可以是终极或完美的版本。单行本继 2008 年版之后，2015 年出了第二版，由张媛媛任责编，又给了我从头到尾修订译文的机会。修订中，基本的假设仍然是：如果原作文本的信息呈现如射流技术般激发引领了译者的想象而产生了译作文本，那么，一个值得一读的译作文本同样也应该以其信息呈现顺序去激发读者的想象，并且让译文在新的互文语境中使读者的想象更为精细丰富。这也是我一贯的信念所在：不断有意识地去努力提高个人语言系统的性能表现，在翻译中永远“保持一种开放的心态，看是否有可能在新的理论见解和新的灵感的驱动下，自己或别人会提出新的译法”(《翻译探微（增订版）· 跋》)。因此，希望本书照样既可以作为读者批判审视的对象，也可以作为一个有助于激发更充分更敏感地认识翻译、思考翻译、从事翻译的灵感来源。

也许，以下两个例子可以让读者更清楚地理解，我们鼓励开放地、批判性地阅读本书并非无谓的自谦之辞。

原文第一句是“After long and fruitless waiting I have determined to write to you myself, as much for your sake as for mine, [...]”，而译文一直是“经过长久的、毫无结果的等待之后，我决心亲自给你写信，为了我也为了你”。当时翻译，注意力多在于考虑能否将“为了我也为了你”后置为小句的“尾焦点”而得到突出，而把 myself 译成“（我）亲自”，似乎非常符合教科书中常见的建议。但在后来的检讨中，发觉与“亲自”相对的是“（假手）他人”，显然同原作中的情形不完全相符，因为作者是在怪对方没给他写信。于是改译为“经过长久的、毫无结果的等待之后，我决定还是由我写信给你，为了我也为了你”。

另一个例子在第 76 段，原文是“To reject one’s own experiences is to arrest one’s own development. To deny one’s own experiences is to put a lie into the lips of one’s own life.”，译文本来是

"抵制自己的经验就是遏止自己的发展。抵赖自己的经验就是让自己的生命口吐谎言"。其中"抵制"同"抵赖"呼应，是在原作激发下从汉语中提取的修辞手段，意在产生类似原文用to短语开头的排比句群形成的精警，这种精警又是译文整体效果所需要的。但是，作者在这里说的是对自己过去所作所为的反省，是否就是"经验"那么简单呢？通过重新审视，改译为"经历"，但因此带出了"抵制……经历"这一搭配的逻辑问题。与叶博士几经讨论甚至辩论之后，确定的译文为："抵讳自己的经历就是遏止自己的发展。抵赖自己的经历就是让自己的生命口吐谎言。"

是有些年头了。从当年人民文学出版社苏福忠先生的约稿和初版，到2008年译林出版社的文字-声音双语机控多功能单行本，再到2015年第二版的多次重印，二十来年一晃就过去了。有趣的是，在这期间，注意到有其他译本同样以《自深深处》为标题问世；虽然没有时间跟踪追读，但相信每位译者都有自己的文字根底和艺术追求，不屑于效颦以前的译本。因此，对翻译或者王尔德感兴趣的朋友如果有时间比读不同译本，一定会有不少发现。

今次再出第三版，得唐洋洋任责编，借此机会对个别文字做了修订，同时订正了注释中的个别错误，另外整本书的设计也更方便读者。一路走来，要感谢刘锋先生的鼎力支持，孙茜、张媛媛、唐洋洋三位责编精益求精的认真，译林出版人的专业精神无不让人感动。从新加坡到香港，又有家人多年来默默的支持——学海译道中得此亲朋二字，不亦乐乎！

翻译永远让人处在心智的发展中。这也许就是翻译的迷人之处吧。

朱纯深

2008 年 1 月于香港九龙

2014 年 7 月改于广州客旅中

2021 年 8 月应新版需要改于香港火炭有天台的村屋家中